ものがたり洋菓子店 月と私

さんどめの告白

野村美月

ポプラ文庫

Contents

第一話 …… 香りながらとろけるボンボン・ショコラ ～月の光を宿して …… 7

第二話 …… 爽快なミントクリームとパリパリのチョコチップを しっとりしたチョコレートのジェノワーズで 重ねてゆく、チョコミントケーキ …… 55

第三話 …… キュンと甘酸っぱいレモンピールを 甘いミルクチョコレートで コーティングしたシトロネット …… 79

ティーブレイク …… しゃりしゃりのチョコレートの糖衣がたまらない、こってり濃厚なザッハトルテに 無糖の生クリームを添えて …… 111

第四話 …… 薄いチョコレートを重ねたムース・オ・ショコラに、月を浮かべたショコラショーを添えて …… 125
ティーブレイク …… なめらかでまろやかで、すっきり甘い、幸福な朝のためのチョコレートスプレッド …… 171
第五話 …… 青春の喜びと恋の芽生えがしめやかに香る、ふわふわギモーヴ …… 181
第六話 …… ひんやり薄い砂糖の壁からあふれる、果実のゼリーに震えるパート・ド・フリュイ …… 221
…… エピローグ …… 275

ものがたり洋菓子店 月と私

さんどめの告白

第一話

香りながらとろける
ボンボン・ショコラ
～月の光を宿して

Episode 1

閑静《かんせい》な住宅地に愛らしくたたずむ洋菓子店には、ストーリーテラーと美しいシェフがいる。

年が明け、公現節《エピファニー》を寿《ことほ》ぐガレット・デ・ロワの販売も終わり一段落ついた一月最初の休業日。執事の燕尾服《えんびふく》に身を包んだ語部《かたりべ》は、店に従業員を集め朗々《ろうろう》と響く魅惑的な声で告げた。

「二月八日から十四日までの一週間、『月と私』はバレンタインフェアを開催します」

……カタリベさん張り切ってるなぁと、女子高生の麦《むぎ》もスタッフの一人として話を聞いている。

クリスマスは失踪《しっそう》したり大怪我《おおけが》をしたりで、ろくに動けなかったものね。やっとギプスがとれてイキイキしてるよ。

麦の姉がシェフを務める洋菓子店『月と私』の販売、企画、広報、総務を一手に担う彼が、このように自信にあふれて前向きなのは、店にとっても姉にとっても喜ばしいことだ。

その姉の糖花《とうか》が、レジの奥のガラスで仕切られた厨房《ちゆうぼう》から、銀のトレイにびっしりのせたボンボン・ショコラを両手で持って現れた。

白いコックコートに包まれた体は女性らしくなよやかで、頬《ほお》をほんのり薔薇色《ばらいろ》に染め、花びらのような唇をほころばせている。細い首筋も、ピンクの三日月のピアスが光る耳たぶも、長いまつ毛も、しとやかな瞳も、キラキラした幸せオーラに包まれて、いっそう美しく見える。

内気な姉は、語部が店に来てからどんどん明るく美しくなり、妹の麦も見惚《みと》れてしまうほどだ。

姉が恥ずかしげに微笑《ほほえ》みながら、小さな優しい声で言う。

「ボンボン・ショコラは、こんなに小さくて可愛《かわい》らしい一粒から、いろいろなお味が広がってゆくのが楽しいんです。思いつくものを全部試作してしまいました。みなさんの意見を聞かせてくださいね」

つやつやと輝く宝石のようなボンボン・ショコラは、満月、半月、三日月の形をしている。淡い光をたたえた月で埋めつくされたトレイを、姉がはにかみながら差し出すと、パートさんたちの目は輝いた。

「うわ～、美味《おい》しそう」

「すごく可愛いです、綺麗です、高級感たっぷりです」

「えーっ、どれにしましょう」

人事の責任者である語部の方針で、パートさんたちは四十代、五十代の主婦の短時間シフトで構成されている。子育てが一段落し、主婦としてのスキルも常識もあるその年代のかたたちが、一番効率よく働いてくださるからと。

水色のワンピースに白いフリルのエプロンの制服を着たパートさんたちは、若い女の子のようにきゃっきゃっとはしゃぎながら、月をかたどったボンボン・ショコラをつまみ口へ運んだ。

そうして目を丸くし、身を震わせて、

「と、とろける〜、美味しい」

「うわぁ、薄いコーティングの中からお酒の味がついたキャラメルがとろりって。うーっ、たまらない」

「これは柚子《ゆず》のチョコレートね。柚子がふんわり香って素敵！」

と、次々絶賛した。

「こっちはナッツのチョコレート？　カリカリ、ジャリジャリしてる」

語部が、

「プラリネですよ。アーモンドやヘーゼルナッツをキャラメリゼして砕いて、ペースト状にしたものです」

と深みのある艶《つや》やかな声で説明する。

「ボンボン・ショコラの中身は、生クリームとチョコレートを合わせたガナッシュがポピュラーですが、プラリネの食感がお好きというかたも多いのですよ。他にもヌガーやキャラメルや、薄く焼き上げたクレープなど、ボンボン・ショコラの味わいは無限です」

「カタリべさん、このレモンのやつ、レモンがきゅーんと酸っぱくてイイ！」

麦も三日月のボンボン・ショコラを舌でとろかし、ビターなチョコレートとキリリとしたレモンのマリアージュに、じたばたしてしまった。

「あ、そのレモン、わたしも好き」

ひょろりと背が高い眼鏡《めがね》のパートの寧々《ねね》さんが、ぐっとこぶしを作って熱く同意する。

麦のクラスメイトの牧原《まきはら》くんのお母さんで、ふっくらして可愛らしいふみよさんも、にこにこしながら言う。

「やっぱりシェフのレモンは鉄板ね。甘いチョコレートのあとにいただくと、なおさら酸っぱく感じて印象的なの」

「ええ、酸っぱいレモンのチョコレートのあとの、甘いバニラのミルクチョコも、また癒されるお味なのよね」

元デパート勤務で、話しかたや所作に品のある小百合《さゆり》さんも、ほぉっとため息をつきながら言う。

「まだまだあるよ～、どんどん食べて～！」

ボンボン・ショコラをのせたトレイを手に、明るい声と笑顔を振りまいているのは新米パティシエの郁斗《いくと》だ。髪を金色に染めた小柄でアイドル顔の少年は麦と同じ十六歳で、名門私立高校を中退してパティシエ修業をはじめたという変わり種だ。育ちのよさからくる人なつこさと物おじのなさで、パートさんからもお客さまたちからも可愛がられている。

「おれのおすすめは、やっぱプラリネだね！　うちのプラリネは粗く砕いてジャリジャリした食感を残しているのが、神！」

「うんうん、プラリネのカリカリ、ジャリジャリ、楽しいよね～」

「でしょ！　麦ちゃん、わかってる！　やっぱり麦ちゃんとおれ、趣味があうね！」

郁斗が嬉《うれ》しそうに言う。

麦と同じ歳なのに、弟みたいで可愛い。中高年のお客さまたちから特に人気があるのもわかる。

語部が黒い宝石のようなボンボン・ショコラのトレイを持ってパートさんたちのあいだを優雅に歩きながら、艶やかな声で語る。

「かつてフランスのメゾン・ド・ガストロノミー『ダロワイヨ』で、パティスリー最高責任シェフを長きにわたって務めた偉大なパティシエ、パスカル・ニオー氏はこのようにおっしゃいました」

「ショコラとは、日々の暮らしの中で贈りあう、特別で大切なもの。そして、ショコラがもたらす喜びは、世界のどこでも同じだと」

「また、日本にフランスの高級ショコラを広めた立役者のおひとりである、ジャン＝ポール・エヴァン氏は、こうおっしゃいました」

「ショコラとは情熱《パッション》、そして、いつでも喜びをもたらしてくれるもの、その喜びで人と人とを繋《つな》げる、コミュニケーションのベクトルでもあると」

「ショコラのもたらす華やかな喜びを『月と私』のバレンタインフェアでお客さまにお伝えし、当店のチョコレートでお客さまが大切なかたと心を繋げたり、コミュニケーションを円滑にしたり広げたりするお手伝いをいたしましょう」

続いて語部がボンボン・ショコラのパッケージを披露する。

手のひらにのるほどの半月の小箱と、それより大きな満月の箱。色はどちらも店のイメージカラーの水色だ。

「半月は種類の異なる三粒入りを二箱作ります。箱を向かい合わせに並べると満月の形になるという趣向でございます。こちらの大きな満月はたくさんのお味を楽しみたいお客さま向けで、十五粒をぐるりと円状に並べます」

「まぁ、可愛い」

「半月をふたつで満月ってエモいです」

「フェアの期間中は、レジにバレンタインデー用の特別なカードを置いて、商品をご購入くださったお客さまに自由にお持ち帰りいただけるようにします。カードは現在製作中で、来週には見本があがってまいります」

「わ～、どんなカードですか」

「シェフが作られる極上のチョコレートを、さらに甘く美味しくする魔法の呪文を記したカードですよ」

語部が姉のほうへやわらかな視線を向ける。姉はカードの言葉を知っているようで、二人のあいだで秘密めかした笑みが交わされる。

パートさんたちは、あらまぁ、という顔でほのぼのしていて、麦も、お姉ちゃんとカタリベさん甘々だ～と、ちょっと恥ずかしくなってしまった。

姉の糖花と語部は、両想いだ。

ただし、つきあってはいない。

シェフとしての糖花を神聖視する語部は、大切なシェフとおつきあいするなどとんでもないと思っているようで、一方の糖花は「語部さんは、明るくて社交的な女性がお好みだから、わたしみたいに地味でうじうじしたタイプはうっとうしいのだと思うわ……」と後ろ向きに語る。

そんな二人もクリスマスの騒動を経てかなり進展した――はずなのだが、相変わらずつきあっている様子はなく、語部は糖花を普段から『シェフ』と呼ぶ。

麦と二人のときは、それは優しい甘い声で、

――糖花さん。

と口にしたりするのに、店の二階にある自宅のリビングで姉と麦と語部の三人で食事をしているときも、姉のことは『シェフ』なのである。

しかも郁斗やパートさんたちにまで、

――店では『糖花さん』ではなく『シェフ』とお呼びください。特に星住《ほしずみ》くんは軽々しく『糖花さん』と呼びすぎです。

と、やんわり注意する。

クリスマスの繁忙期を経て仲間意識が高まったパートさんたちは、最近では十年来の友達のように『ふみよさん』『寧々さん』『小百合さん』と呼びあっている。

郁斗に関しては、店で『星住くん』と呼ぶのは語部だけで、パートさんたちも糖花も最初から『郁斗くん』と呼んでいて、すっかり定着している。それに対して語部は特になにも言わない。

――カタリべさん、お姉ちゃんの呼びかただけこだわるよね。ふみよさんは、うちのお客さんだったときから『糖花さん』だし、郁斗くんに『糖花さん』って呼ばれるのも、お姉ちゃんは別にいやじゃないと思うよ。

この前、麦がそう言ったら苦い顔で、

――私がいやなんです。

と、はっきり、きっぱり断言した。

――私だって『糖花さん』と呼びたいのを自制しているのに、しゃくではありませんか。

三十歳を過ぎた大人が、すねているような顔までして……麦はあっけにとられたのだった。

カタリベさんは仕事はめちゃくちゃ有能だけど、お姉ちゃんのことではポンコツだよね……。お姉ちゃんも内気すぎて恋愛スキルゼロだし、うーん……やっぱり二人が恋人同士になるのは、まだまだ時間がかかりそうだな……。

まぁ、見つめあう二人は平和で幸せそうで、スタッフの誰が見ても『月と私』の公認カップルなのだが。

「通販のクッキー缶も、定番のキプフェルやスペキュロスやディアマンにチョコレートをかけたものの他に、バーチ・ディ・ダーマや、塩チョコサブレ、一口サイズのブラウニーなどを考えています。バーチ・ディ・ダーマは、アーモンドプードルのクッキーにチョコレートをサンドしたころりとした形状の愛らしいお菓子で、イタリア語で『貴婦人のキス』という意味があります。ほろりと口溶けのよい食感とチョコレートの甘さは、まさに高貴な姫君の口づけの味わいです」

『月と私』は、姉が作る優しく繊細なお菓子と、そこに添えられるストーリーテラー語部の物語が売りである。

月が昼間も地球に寄り添うように、お客さまの日常に寄り添うお菓子を。そしてお菓子と一緒に月の魔法を宿したストーリーを持ち帰ってほしい――そんな願いを込めて、姉はお菓子を作り、語部がそれを彩《いろど》る。

うんうん、バレンタインなんて、カタリベさんの腕の見せ所だよね。

ボンボン・ショコラやクッキー缶の他に、チョコレートのタブレットにナッツやドライフルーツをちりばめた三日月のマンディアンや、チョコレート味のフィナンシェやチョコレートでくるんだ半月のマドレーヌ、チョコレートの塊《かたまり》がごろごろ入った満月のブラウニー、半月にカットしたオレンジを蜜漬けしてチョコレートをかけたオランジェットや、細長いレモンピールをチョコレートでくるんだ三日月のシトロネット。大人数用の半月のケーキは、粉砂糖をたっぷりふったクラシックガトーショコラ、チョコレート生地にフランボワーズなどの赤い果実がぎっしりつまったフルーツケーキ、しゃりしゃりのチョコレートの糖衣《とうい》でくるんだザッハトルテの三点を用意し、丸いガラス瓶にレモンカードの三日月を浮かべたチョコレートスプレッドまで販売するという。

それだけではない。

「フェアの一週間はショーケースのプチガトーとアントルメもすべて、チョコレートケーキにします。プチガトーは十種類、アントルメは三種類を予定しております」

これはクリスマスと同じくらい大変そうだと、麦は今から覚悟した。

十人ほどいるパートさんたちもざわめいていたが、イブに殺人的な忙しさを経験し、やり遂げたことが自信になっているのか、すぐにやる気にあふれた顔つきになり、

「あらまぁ、チョコレートだらけの一週間なんて素敵だわ」

「チョコレートのお祭りですねっ。楽しそうです」

「わたし、デパートに勤めていたころバレンタイン催事が一番好きでした。華やかで、にぎわいがあって」

ふみよさん、寧々さん、小百合さん、他のパートさんたちも次々前向きな発言を

する。

「おれ、グラサージュがつやっつやのチョコレートムースとか食べたい！　鼻血出そうなほどカカオがガツンなエクレールもいいし、とろっとろのフォンダンショコラも最高！　あと、チョコミント！　チョコミントのケーキも熱烈希望！　うわぁ～一週間チョコレートケーキ食べまくりだなんて、天国じゃん」

郁斗は自分が食べることを想像してうきうきしている。

姉がはにかみながら、

「また、みなさんの力を貸してください。どうぞよろしくお願いします」

と丁寧に頭を下げ、語部がそんな姉の隣にぴたりと寄り添い、誇らしげに宣言した。

「バレンタインは『月と私』のチョコレートで、お客さまの恋を叶えてさしあげましょう」

恋を叶えるとは大きく出たものだ。

けど、語部が艶と深みのある声を朗々と響かせてそう言うと、本当に叶いそうな気がする。

あたしも……牧原くんにお姉ちゃんのチョコレートを贈ってみようかな……。

野球部に所属する、明るく食いしん坊なクラスメイトの顔を思い浮かべて、麦はほわんとした。

それにクリスマスのときと違って、今度はカタリベさんもいるからお店も安心かな、と麦は思っていたのだが——。

◇　◇　◇

バレンタインフェアの内容が『月と私』の公式ホームページと店頭で告知され、SNSでも拡散されると、

「絶対行きます！」

「今年のバレンタインは〝月わた〟さんに決めました！」

「クッキー缶以外のチョコレートも通販してください」

などの声が続々と届き、お店を訪れるお客さまたちも、

「まぁ、バレンタインフェア？　七日から一週間も？　お菓子もケーキも全部チョコレートになるの？　どうしましょう、選べないかも」

「期間中、毎日通ってしまいそう」

と、店内に設置した見本の画像を見て、そわそわしていた。

バレンタインに向かって、すでに店全体が華やいでいて——そんな中、一人の女

性が『月と私』を訪れた。

「へぇ、ここが九十九《つくも》くんがいるお店か」

駅から徒歩二十分、庭つきの戸建てや低層タイプのデザイナーズマンションが立ち並ぶ住宅地を歩いてゆくと、空の水色と、月の黄色、重なるふたつの円を描いた案内看板が現れる。

『ストーリーテラーのいる洋菓子店
月と私は、こちらです』

「ストーリーテラーね」

艶やかな赤い唇をくすりとさせ、パンプスのかかとをカツカツ鳴らしてさらに進む。すると住宅地の片隅に水色の屋根の、愛らしい洋菓子店が見えてきた。

ガラスのドアの向こうに、ショーケースや棚に並ぶお菓子や、水色のワンピースに白いフリルのエプロンをつけた店員の姿が見える。

ドアの横には、満月のような丸いレモンイエローの表札にお洒落《しゃれ》な青い文字で、『月と私』と記載されている。

彼のイメージから、もっと大人っぽい高級感のある隠れ家的な店を想像していたけれど、親しみを感じる入りやすそうなお店だ。

ガラスのドアを押し中へ入ると、黒い燕尾服にオールバックの執事が左手を腹部にあて右手を背中に回して、うやうやしく一礼した。

向こうが口を開く前に、叫んでいた。

「やだ、本当にいたっ！　久しぶりね、九十九くん。元カノが会いに来てあげたわよ」

このとき店内には語部とお客さまの他に、レジを担当していた麦、厨房から出来上がったばかりの半月の形をした苺《いちご》のパリブレストを運んできた郁斗、棚にマドレーヌなどの焼き菓子を補充中の寧々がいた。

元カノ！

当事者以外の全員が、びっくりして語部のほうを見た。

もちろん麦も。

え！　今、あの女性のお客さん、元カノって言った？　九十九くんってカタリベさんのことだよね？　カタリベさんの元カノ！　カタリベさん彼女いたの？

今、お客さまに声をかけられても、麦はまともに対応できないしレジも打てないだろう。それくらい混乱している。

姉の店で働きはじめる前、語部は有名企業の社長の養子で右腕というエリートだった。

ノーブルなイケメンで物腰もやわらかく、トークもいける。モテないはずがないし年齢から考えても元カノの一人や二人いてもおかしくない。いや、このスペックでいなかったほうが不自然だ。

でもカタリベさん、理想が細かすぎて対象になる女性がいない、みたいなこと言ってたし——それとも理想は理想で、おつきあいは別ってこと？

それに語部の元カノを名乗る女性は、周囲が華やぐほどの美人だ。

年齢は語部と同じくらいだろうか。質の良さそうなパンツスーツの上に艶のあるロングコートをカッコよく羽織っていて、靴もヒールが華奢《きゃしゃ》でつやつやしている。くっきりした目鼻立ちで、背が高くスタイルも抜群。力強く陽気な雰囲気にあふれていて、仕事もできそうだ。

つまり姉と正反対のタイプなのである。

「なになに？　ほうけた顔して。元カノとの再会に感動しちゃった？」

また元カノと言った！

しかも語部は軽い驚きの表情を浮かべたあと、すぐに目をやわらかく細めて微笑んだ。

「そうかもしれませんね。お久しぶりです、夏名子《かなこ》さん」

口調がえらく親しげで、女性の下の名前をあたりまえのように呼んでいる。なにより〝元カノ〟を否定していない。

「ホントに久しぶり。わたしがフランスの支社に異動して以来よね。ニュースで大門《だいもん》社長が起訴されたって知って心配してたのよ。それがお菓子屋さんに転職してるなんて。ＳＮＳで『ストーリーテラーのいる洋菓子店〝月と私〟でバレンタインフェア開催』って流れてきて、記事を読んで、まさかこの執事の衣装に身を包んだ名販売員《ヴァンドゥール》の語部氏って九十九くんのこと？　って目を疑ったわ。でも、こうして実際に見てみたら、あはは、似合いすぎ」

大きな声で笑う様子も嫌みなく魅力的だ。語部の表情もずっとにこやかだ。

「ねぇ、閉店したあと時間ある？　九十九くんに頼みたいこともあるし。ここへ来る途中、いい感じに寂《さび》れてるカフェバーがあったんだけど、そこで仕事しながら待ってるわ」

「ああ、あそこですね。わかりました」

語部が店名を確認し待ち合わせの時間を告げると、彼女は、語部のおすすめの半月の形をしたこしょうのビスキュイや、三日月のフィナンシェや、ザクザクのパイ生地にざらめをまぶした満月のパルミエなどの焼き菓子を大量に購入し、

「じゃあ、あとでね」

と華やかな笑顔を振りまいて、店を出て行った。

麦はどうやってレジを打ったのか覚えていない。近くで見るとますますあでやかで華やかな彼女にすっかり圧倒されて、ぼーっとしていた。

そのあいだガラスの壁の向こう側にある厨房では、寧々と郁斗が「カタリベさんの元カノが来た！」とみんなに報告し、ガラス越しに語部と楽しげに語らう美人を横目で確認した姉の糖花はショックを受け、苺のアントルメのデコレーションを失敗していたのだった。


閉店後。

いつもは糖花と商品の打ち合わせをしたり、二階の麦たちの自宅で夕飯を食べたりする語部がそそくさと着替えをすませ、

「お先に失礼します」

と退店した。

従業員はみんな語部の元カノに興味津々であれこれ聞きたがったが、語部は『仕事中ですよ』と、にこやかにかわした。

苺のアントルメに生クリームをもこもこ絞り出しすぎてしまった姉も、ずっと尋ねたそうにしていたが、やはり内気な姉には無理だったようで、退店する語部をしゅんとした表情で見送る。

あたしが、あとでカタリベさんにしっかり聞いておかなきゃ、と麦が決意していると、コックコートの上にゆるゆるのアウターをひっかけた郁斗に声をかけられた。

「カタリベさんとさっきの女の人、どんなコト話してるか気にならない？　一緒に見に行こう、麦ちゃん」

「え、そんな映画に行こう、みたいなノリで。ダメだよ、よくないよ。って――郁斗くん、待って」

好奇心旺盛《おうせい》で天然な郁斗を一人で行かせたら、なにをするかわからない。

結局麦もついていってしまった。それに本音では、麦も語部と彼女のことが気になってたまらなかったのだ。

もし――もしも、カタリベさんがあの人と復縁しちゃったら、お姉ちゃんはどうなっちゃうの？

以前、糖花が郁斗の親戚でフランス帰りの有名パティシエの時彦《ときひこ》とデートしていたと噂《うわさ》になった、あの因縁のカフェのカウンター席に、語部と彼女は並んで座っていた。夜はお酒も提供するバーになり、二人とも綺麗な色のカクテルなんか飲みながら、いい雰囲気で話している。

麦と郁斗は少し離れたテーブル席に座り、メニューで顔を隠しながら、二人のほうをこそこそとうかがった。

彼女はほんのり頬を染め目をとろりとさせ、語部はまぶしそうな眼差《まなざ》しを彼女に向けている。

「カッコいい大人同士で、お似合いだね」

郁斗がそうささやくのに、姉のことを考えてますます不安になってしまう。

お姉ちゃんとカタリベさんだってお似合いだけど、都会的な大人のカップルって路線じゃないしなぁ……。ううん、カタリベさんの好みのタイプはお姉ちゃんなんだから。キリッとしたデキる女の人より、支えてあげたい控えめな女の人のほうに惹《ひ》かれるはずで……。

そのとき彼女が語部に向かって、うるんだ声で言うのが聞こえた。

「フランスに異動が決まったとき、ああ、もう終わりなんだな、そういう運命だったんだなって本気で絶望したのよ」

「でも、日本に戻ってきて、こんなふうに再会してしまって、やっぱり好きでたまらないって思ったの。この再会こそ運命なんだって」

郁斗が、うわっとつぶやく。その口を麦は慌てて、ぺしりと押さえた。心臓が飛び出しそうにドキドキしている。

間違いない！　彼女は語部に復縁を迫っているのだ。

語部がなにか言ったようだった。

けど声が小さくて聞こえない。

彼女の顔に嬉しそうな笑みが広がる。

「ありがとう。九十九くんに会いに来てよかったわ」

そのあとも二人は親密そうに話していたが、もうなにも聞こえてこなかった。

郁斗をうながして、麦は店を出た。

「驚いた、ホントにカタリベさんの元カノだったんだ。彼女、嬉しそうだったから、カタリベさん、きっとまた彼女と恋人に戻ったんだよね」

「まだ確定じゃないでしょ。郁斗くん、カフェで見たことは、お姉ちゃんには内緒だよ。お姉ちゃんに言ったら怒るからね」

「麦ちゃんに怒られるのはヤダなぁ。わかった、糖花さんには内緒にしとく」

郁斗は素直にそう答えたが、翌日、麦が学校から帰ってきて自宅のキッチンで夕飯の支度をしていたら、仕事を終えた姉がどんよりうなだれてリビングに入ってきた。

「ど、どうしたの？　お姉ちゃん」

「……語部さんに」

「え！　カタリベさんになにか言われたの？」

昨日、カフェで聞こえてきたことを思い出して、まさかカタリベさん、彼女とヨリが戻ったから店をやめますとか言ったんじゃ――と麦がドキッとすると、姉はうなだれたまま、ふるふると首を横に振った。

「語部さんに、訊《き》きたいことがあるなら訊いてくださいと言われて……なにも、訊けなかったの」

――私に訊きたいことがあるなら、ちゃんと訊いてください。

――……ごめんなさい。ありません。

他の従業員が去り二人きりになった厨房で、そんなやりとりが姉と語部のあいだで交わされたとか。

わたしが語部さんのことをずっとチラチラ見ていたせいなの。きっと不快に思われたのよ、と姉はますますうなだれる。

いつもは二人で、材料の仕入れや配合の変更や、新しい商品のことなどを、楽しく語っていたのに、この日はシーンとしていて、姉は〝元カノ〟のことを意識するあまり、今度は語部と目を合わせることもできなくなってしまったらしい。

視線をそらしてもじもじしていたら、語部がどことなく苛立《いらだ》っているようにそう言ってきて、糖花が『ありません』と答えたら、口を閉じてむっとしてしまったとか。

「えー、カタリベさんが訊いてくれって言うなら、どんどん問いつめちゃえばよかったのに」

するとと姉は、またふるふると首を横に振った。

「……無理。だって、語部さんは彼女さんと復縁されるそうだし、そんなこと語部さんの口から聞きたくない」

「ちょっと待って！　カタリベさんが彼女と復縁って、誰が言ったの？」

「寧々さんたちが……郁斗くんから聞いたって……話してて……」

郁斗くんっ！

麦はめまいがした。

いや、これは麦のミスだ。お姉ちゃんには内緒だよ、ではなく、お姉ちゃん以外の人にも全員もれなく内緒だよ、と口止めしておくべきだったのだ。

「しっかりして、お姉ちゃん。カタリベさんと元カノさんが復縁するってはっきり決まったわけじゃないでしょう。カタリベさんに訊いてみよう、ね？　カタリベさんもお姉ちゃんに訊いてほしがってるみたいだし」

そうすすめてみたけれど、もし語部が姉と元カノのあいだで揺れているのだとしたら、ややこしいことになる。

カタリベさんが二股するとは思えないけど、そもそも彼女がいたこと自体が想定外だし……うーん……。

この日も語部は夕飯の席に加わらず、鯖《さば》の味噌煮とゆかりごはん、お豆腐と小松菜のお味噌汁を食べる姉の背中はずっと丸かった。

わたしが、あんまりうじうじしているから、語部さんもうんざりしているんだわ……。

◇　◇　◇

翌日の午前中、糖花は知人のお見舞いのため都内の病院へ来ていた。

仕込みは朝のうちにすべて終わらせておいた。午後には店へ戻る予定だ。今日、お見舞いに行くことは前から決まっていたことだけど、語部と顔を合わせるのが辛かったので、ちょうどよかった。

自分が落ち込みやすいことを、糖花はどっぷり自覚している。

こんな自分は好きではなくて、どうにか改善したい、前向きで明るい性格になりたいと常々思っているが、うまくいかない。

そのことにまた落ち込んでしまうという悪循環で、せめて周りの人たちには迷惑をかけたくないと思うのに。

心配そうな麦や、むっとした様子の語部が頭に浮かび、胃がキリキリと痛む。

お店に戻ったら普通にしなきゃ。

ううん、お見舞いもこんな暗い顔で行ったらいけないわ。

相手は父の古くからの友人で、保険会社に勤めており、両親が事故で亡くなったときにお世話になった人だった。

――正志《ただし》さんは、気持ちの優しい人で、ぼくが契約が取れずに落ち込んでいたら、たくさん保険に入ってくれてねぇ。こんなふうに糖花ちゃんと麦ちゃんの役に立ってよかったと思う反面、保険なんて必要ないほど長生きしてほしかったと思ってしまうんだよ……。まさか奥さんも一緒に逝《い》ってしまうなんて。

そんなふうに言い、男泣きしていた。

そのとき糖花は製菓学校の生徒で、麦もまだ中学生だった。

糖花が店を持ち、お菓子を作る仕事をしていられるのは、いろんな人たちのおかげだ。そのことに感謝して、お世話になっている人たちにお返しをしていかなければならない。暗い顔でうつむいて心配をかけたりしてはいけない。

父の友人の松ケ谷《まつがや》さんは元気そうで、糖花が持ってきたレモンとミルクのゼリーをベッドで美味しそうに食べてくれた。

そこに医師が回診にやってきた。

シルバーフレームの眼鏡をかけた、色白で静かな雰囲気の男性だ。小柄で華奢なせいもあり、ずいぶん若く見える。けれど問診の口調はおだやかで、松ケ谷さんの言葉のひとつひとつに丁寧にうなずく様子にも誠実さを感じる。

　この人が主治医なら、患者さんもご家族も安心だろう。

　松ケ谷さんも先生を信頼しているようで、糖花に向かって明るい口調でこんなことを言った。

「瀬戸《せと》先生は学生さんみたいに見えるけど、二十九歳で糖花ちゃんより年上だよ。親切で腕もよくてね。独身で彼女もいないそうだから、糖花ちゃん、どうだろう？」

　糖花は慌ててしまった。

「いえ、わたしは！　あの、す、すみません」

「いや、ぼくのほうこそ。松ケ谷さん、こんな綺麗なかたにお相手がいないはずはないでしょう」

　先生も困っているようで、お互いにもじもじしてしまう。

　ちょうど面会時間が終わり、二人で病室を出てからも、糖花は頭を下げっぱなしだった。

「本当にすみません」

「いいえ、仲人《なこうど》好きの患者さんには慣れてますから。その、謝りすぎですよ」

「す、すみません」

糖花は男の人と話すのが苦手だが、瀬戸先生も女性と話すのが得意ではないようで、居心地が悪そうに視線をそらし、そわそわと眼鏡のフレームをいじっている。

なので早く離れてあげなければと焦るのだが、うっかり一緒に出てきてしまったものだから、エレベーターがある曲がり角のところまでは並んで歩かなければならない。

あと少しでエレベーターの前です……。

瀬戸先生がエレベーターに乗られるようなら、わたしは見送って、瀬戸先生がそのまま廊下を進まれるようなら、わたしはエレベーターに乗って……。

頭の中でぐるぐるシミュレーションして、やっとエレベーターの正面にさしかかったら、ちょうど扉が開いて華やかな女性が出てきた。


え？


糖花は目を丸くした。

手にコートとビジネス仕様のバッグを持ったパンツスーツのその女性が、語部の元カノだったたからだ。

彼女のほうも目を見張り、それから急ににっこりして言った。

「あら、この綺麗なお嬢さんは、雪成《ゆきなり》くんの彼女かしら？」

ゆきなり……くん？　って、どなたですか？

ぽけっとする糖花の隣で、瀬戸先生が慌てた様子で眼鏡のフレームを指で上げ、

「違います、こちらは患者さんのお見舞いにこられたかたです」

と説明する。

ああ、雪成くんって、瀬戸先生のことなのですね。

え？　え？　それじゃあ語部さんの元カノさんは、瀬戸先生とお知り合いなんですか？

「そう？　二人とも顔が赤かったから、てっきり。もしかして雪成くん、また患者さんに仲人されてたんじゃない？」

「っっ、本当にすみません、ぼくはこれから診察がありますから。資料は内科の受付に渡しておいてください。拝見したら連絡します」

糖花にも「失礼します」と頭を下げて、瀬戸先生は眼鏡のフレームを指で押さえ、顔を隠すようにしてエレベーターに乗っていってしまった。

「あれは図星ね」

くすくす笑って見送る語部の元カノに、糖花は、

「あの……」

と、遠慮がちに話しかけた。

「語部さんの……元カノさん、です、よね」

「えっ」

彼女が糖花を、まじまじと見る。

「ご、ごめんなさい。わたし、語部さんの職場の同僚のもので……」

「ああっ！　厨房にいた、ものすごく綺麗なパティシエさんね！　私服だからわからなかったわ。ガラス越しで遠目だったけど、とんでもなく綺麗な人がいるなって思ってたのよ。九十九くんに、あの綺麗な人は誰って訊いたら、お店のオーナーシェフだって」

「いえ、そんな、わたしなんて……」

美人とか綺麗とか言われることに、糖花はいまだに慣れない。ずっと地味な格好をして背中を丸めてうつむいていて、自分はまるでおばあさんのようだと思っていたから……。

語部に連れてゆかれたサロンで、髪をやわらかな色合いに染めてゆるくパーマをかけて、眼鏡をはずしてコンタクトをつけた。服も、語部が選んでくれた。

——弱りましたね。

——想像したよりも、はるかに美しくおなりです。

語部はそんなふうに言ってくれたけど、ちょっと困っているようにも感じたから。語部さんは優しいからわたしを気遣って褒めてくれたけど、わたしはやっぱりどこかヘンなのかもしれない、また背中が丸まっているのかもしれないと、今でも心配になる。

そんなとき、いつも耳にはめている語部がくれた三日月の形をしたシルキーピンクのピアスにふれると、少し安心するから……耳たぶにそっと手をあてようとする糖花のほうへ、元カノさんが身を乗り出してきた。

「あなたの作った三日月の形のフィナンシェ、端《はし》がカリッとしていて、バターがしみしみで最高に美味しかったわ！　こしょうのビスキュイもワインのおともにぴったりだし、丸いパイ生地にざらめをまぶしたやつ、パルミエ？　あれも美味しくて。あんなに大きいのに、あっというまになくなっちゃった。こんな綺麗な人が、あんな美味しいお菓子を作っているなんて、すごいわ！　あなた、すごい！」

怒濤《どとう》の勢いで褒めちぎられて、糖花は耳たぶにのばした手を止めたまま唖然《あぜん》としてしまった。

「わたしは、神田《かんだ》夏名子。医薬品メーカーの営業をしていて、この病院はわたしの担当でよく来るの。ね、下のカフェでお茶しない？」

力のこもった、あざやかな声と表情で誘われて、こくりとうなずいていたのだった。

◇　◇　◇

こうして、病院の敷地に併設されたカフェの丸テーブルで、糖花はなぜか夏名子とお茶を飲むことになった。

語部とのことを尋ねるべきかどうか迷っていると、夏名子のほうからあっけらかんと打ち明けてきた。しかも――。

「さっきの大学生みたいな眼鏡の先生ね、あれ、わたしの想い人なの」

「え！」

「エレベーターが開いたら、想い人がしとやかそうな美人と顔を赤らめあってたら混乱するでしょう？　探りを入れずにいられないわよね、ごめんなさいね」

混乱しているようには見えませんでした――いいえ、それよりも想い人――つまり、好きな人という意味でしょうか！

でも、夏名子さんは語部さんの元カノさんで、運命の再会をはたして気持ちが再燃したらしいと、寧々さんたちが郁斗くんから聞いたと……。

糖花のほうこそ大混乱だ。まるでどろどろのチョコレートを混ぜ合わせ攪拌《かくはん》しているように、頭の中がぐるぐる回っている。

夏名子がさらに驚きの発言をする。

「実はわたし、雪成くんに二度、バレンタインデーのチョコレートを渡して告白してるの。一度目のときは雪成くんは受験生で、塾に通っていたわ。わたしは大学院生で、バイトの講師として雪成くんを教えていたの」

瀬戸先生が高校生のときから？　そんなに昔から？

しかも二度も告白しているなんて。

「雪成くんはそのころはまだ眼鏡をかけてなくて、古い文学作品の文庫を、空き時間にいつも一人でひっそり読んでいるおとなしい生徒でね。なにかこう、いたいけというか、守ってあげたい欲求をそそられるというか、最初は単純にわたしの推しだったのよ」

推し……ですか。

「もちろん、露骨にひいきはしなかったわよ。そんなことしたら保護者からクレームが入って大変だしね。ただ、教室で雪成くんがひっそり文庫本をめくっているのを目にするだけで癒されて、ほわ～っとした気持ちになって、今日も頑張るぞって思えたの。大学院へ進んだのは将来に大望を抱いてたわけじゃなくて、単に就職活動がうまくいかなかったからで、この先どうなるのかなって憂鬱《ゆううつ》な時期だったから。余計に、わたしの推し尊い！　ってこっそり盛り上がって、心の中で拝んでたの。おつきあいしたいなんて、まっっったく考えてなかったんだけどね。六歳差って学生のときはとてつもなく大きいし」

そう……ですね。

雪成が小学一年生のとき、夏名子が中学一年生と考えると、お互い恋愛対象には見えないだろう。高校三年生と大学院生でも、まだジェネレーションギャップがあるように思う。

夏名子が立場や年齢差を飛び越えて、雪成を異性として意識するようになったのは、雪成の大学受験が迫った十二月の終わりごろだったという。

「その日は大雪で、ああ、こんな日は誰も来ないよ～、授業中止にしてくれないかな～行きたくないよ～って、うだうだしながらバイトに行ったら、がらんとした教室の窓際に雪成くんが一人だけ座っていて、文庫本のページをめくっていたの」

夏名子がジーーンとしている顔で言う。

そうして頬を少し染めて、はにかみながら、

「それで、ガチ恋に移行しちゃった感じ？」

と打ち明けた。

「もうね、ドキドキしながら、こんな雪の日に授業に来るなんて瀬戸くんぐらいよって言ったら、『雪は雑音を吸い取ってくれるし、雪の中にいるとあたたかいから、ぼくは好きです』って——」

静かな空間に、雪成の小さな声がひっそりと流れていって、その言葉がとても大切に感じられて——。

さらに雪成は、夏名子の顔を見ながらこうも言ったという。

——でも、誰もいない部屋に一人でいるのはやっぱり淋《さび》しいものですね。だから先生が来てくれてよかったです。

そうして、ほんの少しだけ笑った。

雪がふわりと溶けるような淡い笑みだったという。

夏名子の胸の奥にも、甘く冷たい雪がふわりと落ちてきて、次の瞬間、胸が

カァァァッと熱くなった。

「意識しはじめたら、どんどん好きになっちゃって。受験が終わったら雪成くんと教室で会うこともなくなるし、もう告白してつきあっちゃうしかないって決意して、バレンタインのチョコレートを用意したの。デパートで買える、そこそこ人気でそこそこのお値段の――本命にも義理にもとれる絶妙なラインの――チョコトリュフのセットよ」

最初は「受験頑張って」と軽いノリで渡そうとしたそうだが、気持ちが強すぎてとても軽くなんて渡せそうにない。

それに、受験の邪魔になるのでは。

三月に入り雪成の合格を知り、ようやくチョコレートを渡すことができた。

「なんと賞味期限当日よ。もうね、めいっぱいクールな大人ぶって『合格おめでとう、急いで食べて。なんなら先生とおつきあいしてみる？』って余裕の笑みなんて浮かべちゃって、年下の教え子をからかう美人教師ふうに、さら～っとね。内心はドキドキだったのに。だって六歳も年上の塾の先生にマジ顔の前のめりでぐいぐい告白されたら怖いでしょう？　こう大人のお洒落な会話のノリで、なんとなくおつきあいしてるふうになったらいいなぁって……。『ああ、冗談ですよね、驚きました』って、あっさり返されちゃったけど」

賞味期限ギリギリのチョコレートは受け取ってもらえたものの、夏名子の本心はまったく伝わらず、苦い結末になった。

雪成は第一志望だった北海道の医大生になり、夏名子も大学院を修了して、どうにか医薬品メーカーに就職し、二人の交流は途絶えた。

「雪が降るたび雪成くんのことを思い出していたけれど、もう会うことはないだろうと思っていたわ。けど、八年後——雪成くんが就職した東京の病院が、わたしの担当で、再会したの」

夏名子の声が熱を帯びる。

語部と夏名子が知り合ったのもこの時期で、当時語部は養父が経営する医療機器メーカーの広報統括部長として、ストーリーテラーの才を振るっていた。雪成とは昔なじみらしく、雪成と夏名子と語部の三人で飲みに行くこともあったという。

そうやって雪成との距離をじりじり縮めてゆき、二月十四日が近づいた。今度こそ八年前のバレンタインのやり直しをしようと、フランスへ出張した際に選びに選んで購入したお高いボンボン・ショコラを用意したという。

「誰が見てもド本命としか思えない、それはもう豪華できらきらした大箱入りのやつよ。なのに雪成くんってば『九十九くんの彼女から、こんな立派なチョコレートはいただけません』って断ってきて——」

糖花は思わず声を上げた。

「え！　やっぱり語部さんとおつきあいされていたんですか？」

夏名子は話すのをやめ、微妙な表情を浮かべた。

「うーん、そうね……つきあっていたというかなんというか……九十九くんから聞いてない？」

「……はい」

糖花のしゅんとした様子から、夏名子はなにかを察したようだった。興味深げに糖花を見て、

「なるほどねー。なら、わたしからは言わない。九十九くんに訊いてみて」

それができないから落ち込んでいるわけで……。

語部と夏名子とのあいだで、なにかしらあったことは確かなようだ。けど、それについて夏名子は語らず、話を雪成に戻した。

バレンタインのリベンジはならず、そのあとすぐ夏名子はフランス支社に転勤になり、雪成との縁は再び途絶えた。

「さすがにこれで終わりだと思ったわ。そういう運命だったんだって」

あら……？　と、糖花は思った。

この言葉は聞き覚えがある。そう、パートさんたちが言っていた。語部さんと夏

名子さんがイイ雰囲気で二人で話していたときに、夏名子さんがうるんだ瞳で語部さんを見つめて口にした言葉だったのでは……。

──フランスに異動が決まったとき、ああ、もう終わりなんだな、そういう運命だったんだなって本気で絶望したのよ。

さらに、また夏名子が聞き覚えのある言葉を口にした。

「それが去年の九月に東京に戻ってきて、担当になった病院に、また雪成くんがいるじゃない。顔を見たら、やっぱりものすごく好きだなって。これはもう運命としか思えないわよね」

──でも、日本に戻ってきて、こんなふうに再会してしまって、やっぱり好きでたまらないって思ったの。この再会こそ運命なんだって。

あれは語部さんのことではなく、瀬戸先生のことだったんですね……。

「三度目のバレンタインは、どうしても気持ちを伝えたくて、ネットでチョコレートの情報を集めてたのよ。そしたら『月と私』の記事がヒットして『ストーリーテラー語部氏が仕掛ける、あなたの恋を叶える月の魔法を宿したチョコレート』なんて見出しがついてるじゃない。これはもう九十九くんの店に行くしかないって」

夏名子の目は生き生きと輝いていて、いっそうあざやかに魅力的に見えた。

「そもそも二度目のバレンタインが不首尾に終わったのは、九十九くんのせいでもあるんだから。今度こそわたしの本気が伝わるチョコレートを選んでほしいってお願いしたのよ。あらゆる商品を輝かせる凄腕《すごうで》のストーリーテラーである彼に、わたしの恋をプロデュースしてほしいって」

語部は夏名子の頼みを引き受けたのだろう。

だから夏名子さんは嬉しそうに笑ったんですね……。


――ありがとう。九十九くんに会いに来てよかったわ。


そのとき語部さんは、とてもまぶしそうなお顔をしていたと聞いています……。

夏名子さんがお好きなのは瀬戸先生で間違いないとしても、語部さんのほうはどうだったんでしょう……。

やっぱり夏名子さんのことが、お好きだったんじゃ。

だって夏名子さんは、明るくて前向きで笑顔が素敵で、語部さんの理想にぴったりなんですもの……。

——私の好みのタイプは昔から一貫しております。

——さばさばしていて明るくて、いつも陽気におしゃべりして、大声で笑っているような、潑剌《はつらつ》とした健康的な人が好きですね。

以前、語部がそう語るのを聞いたとき、わたしと正反対だわ……と哀しい気持ちになった。

あのときのように、胸の中を冷たい風が吹き抜けてゆく。

夏名子が糖花に向かって、まばゆいばかりの笑顔で言った。

「糖花さんも協力してくれたら嬉しい。糖花さんのお菓子、どれも本当に美味しくて素敵だったから。九十九くんが惚れ込んだ糖花さんが作ったチョコレートを、雪成くんに渡したいわ」

夏名子の雪成への気持ちは本物だし、糖花のチョコレートで恋の手助けをできるなら、こんなに喜ばしいことはない。

けど、語部さんが夏名子さんをお好きだとしたら、夏名子さんと瀬戸先生がうまくいかないほうが語部さん的には良いわけで……でもでも語部さんは夏名子さんの恋のお手伝いをするお約束をしたみたいだし……ああ、わたしは、どうお答えすればいいんでしょう。

頭の中に再び、どろどろのチョコレートを攪拌する光景が浮かぶ。

向かいの席から身を乗り出してくる夏名子に手をぎゅっと握られて、糖花はおずおずと答えていたのだった。

「は、はい、語部さんとも相談して、夏名子さんのために全力で特別なチョコレートを作らせていただきます」

◇　◇　◇

その夜、糖花は三階の自分の部屋のベランダで、隣のマンションの窓に向かって、

「すみませんっ」

と繰り返し頭を下げた。

マンションの窓辺には、ラフな部屋着姿で前髪をおろした語部が立っている。

糖花もパジャマにカーディガンで、仕事中はまとめている髪をほどいて眼鏡をかけている。

「勝手に夏名子さんのご依頼を引き受けてしまって、本当に申し訳ありません。もともと語部さんが夏名子さんに頼まれていたことでしたのに。語部さんにおうかがいしてから、お返事すべきでした」

午前中、病院で夏名子と話したあと、店に戻った糖花は語部に「その、夜、夏名子さんのことでお話があるのですけれど、よ、よろしいでしょうか」と、こっそり伝えておいた。

語部はすぐに聞きたそうだったが、糖花がぐるぐるしているのを見て待ってくれたようだ。

店の隣の古いマンションの二階を事務所兼ロッカー室として借りていて、語部は三階に住んでいる。糖花の部屋のベランダと語部の部屋の窓がちょうど向かい合わせで、距離もお互いの手を伸ばせば届くほど近いため、よく夜になると、明日のケーキはなににしましょう、そろそろ葡萄《ぶどう》が美味しい季節ですね、クッキー缶もクリスマス仕様にしましょう、などという話をひそひそしていた。

それは閉店後の厨房での語らいと同様に、糖花にとってとても楽しくて甘い時間だったが、今日はこの近さが気まずい。

謝り続ける糖花に、語部がおだやかに言う。

「どのみちシェフに夏名子さんのチョコレートをお願いするつもりでしたので、異存はありません。シェフと夏名子さんが、雪成くんの病院で会ったというのは驚きましたが……」

「わたしも……です」

「夏名子さんが引き寄せたのかもしれませんね。あの人は昔から、自分に必要なものを引き寄せる力が強いのですよ」

「あの、語部さんと夏名子さんは……し、親しかったんですか」

夏名子さんのことがお好きだったのですか？ おつきあいをされていたのですか？ とは言えず、だいぶ遠回しな尋ねかたになってしまった。

「……夏名子さんは私との関係を、シェフにどう説明しましたか？」

「その……語部さんの彼女からチョコレートは受け取れないと、瀬戸先生に断られたと」

「……」

語部は口をちょっとへの字にして、なにか考えているような難しい顔をしていたが、そのあと糖花をじっと見て、

「それを聞いて、シェフはどう思われましたか？」

と訊いてきた。

「えっ、そ、それは……」

糖花は困ってしまった。

どう答えればよいのだろう。

「……やっぱり、語部さんと夏名子さんは……おつきあいされていたのかな……と」

語部は一瞬落胆している表情を浮かべたが、すぐに仕事用のにこやかな表情に切り替え、言った。

「そうかもしれませんね」

糖花はこのとき、眉を下げてだいぶ情けない顔をしたのだろう。

語部の顔に、今度は自分の言葉を後悔するような表情が浮かび、彼にそんな顔をさせて気を遣わせてしまったことに、糖花はますます胸が苦しく切なくなってしまった。

語部がやわらかな、おだやかな口調で言う。

「バレンタインで忙しい時期に、シェフに個人的なことをお願いして、私のほうこそ頭を下げなければなりませんが、どうぞよろしくお願いします」

夏名子さんのことは語部さんのお仕事ではなく〝個人的なこと〟なんですね……。

いったい語部と夏名子と雪成のあいだに、昔、なにがあったのか。

九十九くんに訊いてみて、と夏名子は言っていたけれど、やっぱりどうしても糖花には訊けなかった。

ベランダから部屋に戻り、見本の水色の半月の小箱に手を伸ばす。三日月の形のレモンガナッシュのボンボン・ショコラをひとつつまんで口に入れると、コーティングがとろりととけ、レモンの爽やかな香りとあざやかな酸味を振りまきながらチョコレートのクリームが舌の上にこぼれた。

カーテンをしめた隙間《すきま》から、月明かりがほのかに射し込む部屋の中で、一人きりで食べるボンボン・ショコラは、とても切ない味がした。

第二話

爽快なミントクリームと
パリパリのチョコチップを
しっとりしたチョコレートの
ジェノワーズで重ねてゆく、
チョコミントケーキ

Episode 2

二月八日のバレンタインフェア初日、洋菓子店『月と私』の店内は告知どおりチョコレートで埋めつくされた。

壁の棚にもショーケースの上にもチョコレートをまとった焼き菓子や、満月、半月、三日月の小箱に入ったオランジェットやシトロネット。アーモンドをチョコレートの糖衣でくるんだドラジェや、三日月の形の板チョコにドライフルーツやナッツをトッピングした、ビター、ミルク、ルビーのマンディアンのミニサイズを透明な丸い箱に花びらのようにつめたものなどが、たっぷり並んだ。

さらにショーケースの中にも、カカオサブレの土台になめらかで濃厚なチョコレートを流し込んだタルト・オ・ショコラや、漆黒のグラサージュがつやめく三日月のムース・オ・ショコラ、半月のチョコレートのスポンジとチョコチップ入りのミントクリームを交互に重ねたチョコミントケーキや、満月のフォンダンショコラ、チョコレートクリーム入りの満月のプチシューを積み上げ、上からとろりとチョコレートをかけたサントノレなどが並んでいる。

数人でシェアできるサイズの、半月のクラシックガトーショコラや、チョコレートケーキの王さまザッハトルテ、ガトー・オペラなど定番の古典菓子もぬかりなくそろっていて、店を訪れる人たちの目を輝かせ、どれを買えば良いのか悩ませた。

「えーっ、全部美味しそう」

「ムース・オ・ショコラと、フォンダンショコラと、サントノレと、チョコミントのやつも気になるし、うわぁ～ザッハトルテもお持ち帰りしたい、胃袋が十個欲し～」

「待って、今日はケーキじゃなくてチョコレートを買いにきて――ああもう、ケーキも買っちゃう！」

そんな声がいくつも上がる。

フェアの目玉である半月の小箱と満月の大箱のボンボン・ショコラの売れ行きも初日から好調だ。賞味期限は十日ほどで、バレンタインに贈るには早いが、自宅で自分で食べるのだと嬉しそうに言う。

「半月の小箱を向かい合わせに並べて満月になるの、素敵です。絶対インスタ映えしますよね」

「家で食べて美味しかったら、またバレンタインに渡す用に買いにきます。月わたさんのボンボンだから、美味しいに決まってますけど」

黒い燕尾服に身を包み前髪を後ろになでつけた語部も、次々来店するお客さまたちを巧みに誘導しながら、商品について艶やかな声で朗々と語りあげる。

「ボンボン・ショコラの半月は、ガナッシュボックスとプラリネボックスの二種類になります。ガナッシュは、気品ただよう満月のジャスミン、甘い夢をお約束する半月のバニラ、突き抜ける酸味が勇気を与えてくれる三日月のレモンの三点で、それはとろりとした優雅な口溶けでございます」

「プラリネは、満月のミルク、半月のビター、三日月のレモンの三点で、レモンはブロンドチョコレートと合わせております。このように優しいブロンドカラーで、ビスケットやキャラメルのような香ばしさを感じる、まだ新しいチョコレートでございます。こちらのレモンは酸味よりも香りを重視して、ブロンドチョコレートとのマリアージュで優しくやわらかな味わいに仕上げております」

「プラリネの魅力である食感も、ナッツを粗めに挽《ひ》いてキャラメリゼし、どれもジャリジャリ、カリカリとした極上の食感をお楽しみいただけます。こちらのプラリネボックスを受け取られたかたにも、きっと楽しい気持ちでお召し上がりいただけることでしょう」

ガナッシュボックスとプラリネボックスの二種類を購入し、さらに「やっぱりこれも！」と、満月のボックスも追加する人が多数だった。

満月のボックスは満月、半月、三日月のボンボンを五個ずつで十五個入りの予定だったのが、最終的に赤いハートの形のチョコレートをひとつ添えて、十六個入りになった。『月と私』の商品はすべて月の形を模しているので、バレンタインデーのために特別に作ったハートのボンボンが、みんな気になったようだ。しかも、ボンボンの中身はとろりとしたフランボワーズ風味のキャラメルなどと説明されたら、買わないわけにいかないだろう。

「ありがとうございます。よろしければこちらの満月のカードもお持ち帰りくださ い」

レジの横と、棚のチョコレート製品の横に、レモンイエローの丸いカードの束が置いてあり、『甘いチョコレートをさらに甘く魅力的にしてくれる魔法のカードです。ご自由にお持ち帰りください』という手書きのメモを挟んだ小さなスタンドが添えられている。

レモンイエローの満月のカードの片面には、縦書きの白い文字がすっきりと印字されていた。

「わ、可愛い。『月が綺麗ですね』って……夏目漱石《なつめそうせき》ですか？」

小さな子供を抱いたお客さまの言葉に、語部が目をなごませてうなずく。

「さようでございます。かの文豪夏目漱石が、英語の『I love you』を『月が綺麗ですね』と訳したという俗説から広まった、非常に奥ゆかしい愛の告白です。お客さまのように意味をご存知のかたは、チョコレートに添えられたカードを見て甘い気持ちになられるでしょう。また、ご存知でないかたにその意味を教えてさしあげるのも、甘い語らいになるでしょう」

「そうですよね、今さらうちの人に『愛してる』なんて口にできないけど、このカードと一緒にチョコレートを渡したら、相手に意味が伝わっても伝わらなくてもドキドキしちゃいます。ふふ、パパは気づくかしらねぇ」

と腕の中に大切そうに抱いた子供に、とろけるような顔で言い、そのお客さまはレモンイエローの満月のカードを一枚、持っていった。

フェアの二日目、三日目と、バレンタインデーが近づくごとに来店するお客さまも増え、店は大忙しだった。

満月のカードもSNSで『〝月と私〟のバレンタインのカードがエモすぎる！』と話題になり、カード目当てでチョコレートを買いにくる女の子もいた。

その子たちも、ショーケースを埋めつくすチョコレートケーキや、満月、半月、三日月を模したチョコレート菓子を見て、これも可愛い、あれも可愛い、これも美味しそうと、自分や家族や友人の分もあわせて、たくさんの〝月〟をにこにことお持ち帰りしていった。

四日目に訪れた、ご近所に住む常連のＯＬの岡野《おかの》さんは、

「わぁ、チョコレートスプレッドなんてあるんですね」

と、レモンカードの三日月を浮かべたチョコレートスプレッドの丸い瓶を手にとり、半月のオランジェットや、三日月のマンディアンのビターチョコなどと一緒にレジに置き、

「ケーキは、う――――ん、バレンタインの当日は混みますよね。あたしが会社から帰ってくるころには全部売り切れてそう。彼が在宅で仕事してるから、買ってきてもらうか、ああ、でも、バレンタインのケーキを本人に買わせるっていうのも……うーん、あうぅ」

と、さんざん悩んで、

「やっぱり今日、いただきます！　早めのバレンタインってことで、ムース・オ・ショコラと、サントノレをください！」

と注文し、満月のカードもつけてもらって嬉しそうに頬を上気させ、店を出て行った。

クリスマスイブにアントルメを間違えて渡してクレームになったチョコレートケーキ好きの田中《たなか》の弘之《ひろゆき》さんは三日連続でやってきて、

「ほぉ、ほほぉ……」

と、ショーケースのチョコレートケーキたちをうっとりと眺めまわし、

「今日はショコラミルフィーユと、このマカロンでチョコレートクリームをサンドしたやつと、チョコミントのやつを」

と、毎日違うケーキを家族分買っていった。

フェアの六日目、バレンタインデーの前日には、常連の二人がやってきた。

ベージュのコートに淡いベビーピンクのニットと、ココアピンクのパンツをあわせた細くて可愛い大学生のヨシヒサくんと、人の良さそうな顔に百九十センチのがっちりした体形のシャイな会社員の凌吾《りょうご》さんだ。

二人はスイーツを食べる会で知り合ったスイーツ仲間で、今日はこれから十人ほどで集まって、『月と私』のチョコレートを食べつくす会をするという。

「ショーケースのケーキを、アントルメも含めて全部ください。プチガトーは同じものを二個ずつで」

そう言って、棚から持ってきたチョコレート菓子もレジいっぱいに積み上げた。

「この会、りょうさんの主催なんですよ。SNSで募集したら一時間で枠が埋まっ

ちゃったんです」

「もともとは六人の予定だったんですけど、どうしても月わたさんのバレンタインのプチガトーを全制覇したいってDMで拝み倒されて、四名追加して十名になったんです。やっぱりスイーツ好きなら、月わたさんのチョコレート、全種類食べたいですよね。だって絶対全部美味しいし」

凌吾さんの言葉に、凌吾さんから三十センチほど低い位置で、ヨシヒサくんもさらさらの茶色の髪を揺らして、うんうんとうなずく。

「チョコレートも、プチガトー全制覇だけのはずが、アントルメとケークも食べたいよね、ボンボンも食べなきゃだよね、オランジェットやシトロネットも気になるよねって、結局、月わたさんのバレンタイン商品全部になっちゃいました。あ、小分けの袋はつけなくても大丈夫です。そのままください」

駅前のフリースペースをレンタルしたので、そこまでタクシーで運ぶという。二人ともうきうきしている。

「でも、三日月のマンディアンのルビーチョコのやつが売り切れちゃってたのは残念でした」

ピンクが好きなヨシヒサくんが、ちょっと肩を落とす。

「インフルエンサーのチョコ好きタレントさんが、ビターとミルクとルビーと三種類並べて紹介してて、イチオシはルビーって書いてたんで、ヤバいなぁ～って思ったんです」

レジを担当していたパートさんが「申し訳ありません、ルビーは早々に売り切れてしまって」と謝ると笑って、

「いえ、いいんです。また今度作ってください」

と明るく言い、凌吾さんと一緒に大量の商品を持って、うきうきした様子で出て行った。

「うわぁ～、もうホント楽しみ。チョコミント気になる」

「ぼくもそれ一番気になってた。月わたさんのチョコミントケーキってどんなだろうって」

「わかる～、ショーケースの中でも、ミントグリーンのクリームが目立ってたし、早く食べたい」

と仲良く言い合いながら。

◇　◇　◇

そう、レンタルスペースで二人でチョコレートを会議用の大きなテーブルに並べ

ているときは、凌吾もヨシヒサくんも、わくわく、うきうきしていたのだ。

「手伝ってくれてありがとう、ヨシヒサくん。スイーツ会を主催するなんて初めてだから、ぼくにできるのか心配だったけど、ヨシヒサくんのおかげでなんとかなりそうだよ」

生まれてはじめてのスイーツのオフ会に、凌吾がガチガチに緊張して参加したのは去年の夏だった。こんなに大きな三十九歳のおっさんが、可愛いケーキが好きだなんて恥ずかしいと、長いあいだ凌吾は思っていた。

こそこそコンビニスイーツを買うのが精一杯で、ＳＮＳで流れてくる有名パティスリーのケーキに憧れていただけの自分が、遠方のパティスリーにまで一人で足を運び、華やかなケーキ画像をＳＮＳに投稿するようになって〝いいね〟やコメントをもらったり、スイーツ会を開いたりするなんて、去年までの自分を思うと感動してしまう。

ヨシヒサくんという最高のスイーツ仲間もできて、毎日充実していた。

ヨシヒサくんは今日も淡いピンクと、ココアっぽいピンクを上手に組み合わせていて、この世で一番ピンクが似合う男の子なんじゃないかと凌吾は思ったりする。

『月と私』のバレンタインフェアの予告を見て、ショーケースを埋めつくすチョコレートケーキをシェアする会をしたらどうだろうと願望まじりでつぶやいたら、

――それいい！　やろうよ、りょうさん！

と、真っ先に参加を表明し、スイーツ会開催を後押ししてくれたのもヨシヒサくんだった。

会ったこともない、顔も年齢も性別も職業も知らない人たちと集まってケーキを食べる会を開くなんて、大きな体に似合わず臆病《おくびょう》で心配性の凌吾には大変なプレッシャーだった。

当日、ドタキャンされたらどうしよう。

おかしな人が来たら、ぼくに対応できるのかな。

そんな不安も、ヨシヒサくんがいると思えばやわらいだ。

なんなら当日大雪で電車が止まって、凌吾とヨシヒサくんしか参加者がいなくても、二人で大量のチョコレートケーキを楽しくたいらげることができるだろう。

今朝《けさ》も会社は休みをとっていたのだが、上司から急な呼び出しがあり、どうしても午前中出社しなければならず、会の準備が間に合わなかったらとひやひやした。

けれどヨシヒサくんがいろいろ手配しておいてくれて、バレンタインの商品もスムーズに購入できた。

……三日月のマンディアンのルビーだけは売り切れてしまい、確保できなかったけれど。

だが、実は凌吾のカバンの中には、バレンタイン用の手提《てさ》げの紙袋に入った件《くだん》の三日月のマンディアンのルビーがある。

……うーん、どうしよう、気まずいなぁ。

準備を続けながら、そんなことを考えていたら、

「あれ、これだけ紙袋に入ってる」

凌吾の保冷バッグを開けてチョコレートを出していたヨシヒサくんが不思議そうにつぶやくのが聞こえた。

凌吾が開封を頼んだのだが、うわっ、そうだった！　温度が気になって保冷バッグに移したんだった！　と気づいて、ぎくりとする。

さらにまずいことに、ヨシヒサくんはバレンタイン用の手提げ袋の中身を見てしまったようだ。

「え……このピンク、三日月のマンディアンのルビー？　売り切れだったんじゃ。りょうさん、これどうしたの？」

凌吾が焦りながら「えっと、その……」と、もごもご口にすると、ヨシヒサくんの表情が一瞬、すんっ、とし、それからからかうような口調で、

「もしかして会社の女の子にもらった？　りょうさん、バレンタインの日テレワークって言ってたから早めのチョコレート？　いいなぁ」

と言った。

「ＳＮＳで話題のチョコレートをくれるなんて本命なんじゃない？　やったね」

「い、いや、そういうんじゃ……」

「隠さなくていいって。おれも大学とバイト先で、女の子から友チョコもらうし。あ、でも、みんなには見せないほうがいいよ。貴重なルビーだし、味見させてって言われて、食べられちゃうから」

ヨシヒサくんの声は朗らかだった。会の出席者も次々やってきて、凌吾はそれ以上ヨシヒサくんと話せなかった。

ヨシヒサくんは凌吾の保冷バッグに可愛らしい水色の紙袋に入ったピンクの三日月を戻し、出席者たちに挨拶《あいさつ》に行った。

そこでも明るく振る舞っていたが――すべてのケーキとチョコレート菓子がテーブルに並び、出席者も全員そろい、スイーツ会がはじまってから、どんどん表情が重たく沈み言葉少なになっていった。

おのおのが用意してきたナイフでケーキを切り分けてゆく。参加人数は十人で、プチガトーは一種類につきふたつずつ購入したので、ひとつのケーキを五等分する。この工程は凌吾が参加してきたスイーツ会では、いつもたいへん盛り上がる。

上手に切れても切れなくても、みんなでわいわい作業するのが楽しく、初対面の人とも気軽に言葉を交わせる。

「やべ、ぐちゃってなった」

「こちらの水筒にお湯を入れてあるので、それでナイフを温めながら切ってみてください」

「あ、おれも自分の水筒、用意してきた」

「すごい、なんでそんなに綺麗に切れるの？」

「えへへ、あたし、製菓学校に通ってるんで」

「わー、将来のパティシエさんだ」

「このサントノレも頼んでいいかい？　おれの手には負えない」

「まかせてください」

いつもなら参加者に積極的に話しかけて楽しそうにしているヨシヒサくんが、口を閉じて暗い表情でケーキを切っているのを見て、凌吾は胸がひりひりした。

きっとぼくが、ヨシヒサくんを嫌な気持ちにさせてしまったんだ。

そう思うとますます汗がにじんだが、主催者という立場上、他の参加者にも気を配らなければならない。ヨシヒサくんになかなか声をかけることができず、もどかしい。

ケーキを全部切り終えると、全員席に着いて簡単に自己紹介し、細かく切り分けたケーキを紙の皿にとって、食べはじめる。

「んんんっ、ムース・オ・ショコラ、ムースがふわふわ～」

「サントノレ、中はミルクチョコレートのクリームで、上にかかってるのはビターチョコかな。カカオニブも入ってて美味しっ」

「タルト・オ・ショコラのカカオがめちゃくちゃ濃いっ。土台のチョコレートのサブレもザクほろで、神だよね～」

「クラシックガトーショコラも、しっとりしてて美味しい～」

参加者たちの口から、ため息や賛辞が次々こぼれる。

ヨシヒサくんはやっぱり元気がなく、紙皿に取り分けたケーキもなかなか減らない。

凌吾も一番好きなお店のケーキなのに、味がよくわからなかった。

もちろん美味しいのだけど、味に集中できず、いつもの震えるような感動がわいてこない。

「えーと、クラシックガトーショコラは、ガトー・クラシック・オ・ショコラや、クラシックショコラが正式名称らしいんですけど、月わたさんではわかりやすくクラシックガトーショコラにしたそうです。ガトーショコラはフランス語で『焼いたチョコレート菓子』で、本来チョコレート菓子全般を表す名称だそうですよ。けど日本でガトーショコラといえば、チョコレート生地とメレンゲを混ぜて焼いて表面に粉砂糖を振った、このしっとりふんわりしたやつですよね。フランスでは『おばあちゃんのチョコレートケーキ』と呼ばれていて、家庭菓子の定番だそうです」

ヨシヒサくんのことを気にしつつ、語部から聞いたチョコレートケーキにまつわるあれこれを話していたら、参加者の女性たちに、

「りょうさんって、大きいのになんか可愛いっていうか癒し系でいいですよね～。スイーツ男子だしモテるでしょう」

「ですよね、ＳＮＳのケーキのお写真もセンスよくて素敵だし。あたしもりょうさん、タイプです」

と、いじられた。

もちろん、みんな本気ではなく、主催者の凌吾を立ててくれたのだろうけど、ヨシヒサくんはますます、すん、としてしまった。

こういうとき凌吾は上手に立ち回れるほど器用ではない。へどもどしながら、

「あ、えーと、お茶のおかわりほしい人」

と尋ね、お茶を淹《い》れてくると言ってテーブルから離れた。

紅茶のティーバッグを入れた紙コップに、重苦しい気持ちで電気ケトルからお湯を注《そそ》いでいたら、隣に淡いピンクのニットとココアピンクのパンツの男の子が、すっと並んだ。

小さな頭は、凌吾の視線のずっと下にある。

ヨシヒサくんがうつむいたまま、小さな声で、

「空気悪くして……ごめん」

と謝ってきた。

「え、そんな」

「本当にごめんなさい……。おれ、すごく自分勝手で、りょうさんがバレンタインのチョコレートをもらって……もやっとしちゃったんだ」

凌吾は今度は心の中で「えっ！」と声を上げ、目を丸くした。

ヨシヒサくんも慌てて付け加える。

「お、女の子として好きっていうのとは、違うから！　うん、全然違う！　やっぱりおれ、男の子だし、だからそういうんじゃなくて……」

ヨシヒサくんの本名は美久《みく》という。

女の子として生まれ、女の子として育ち、戸籍上の性別も女性だ。

けれどヨシヒサくんはピンクの好きな男の子で、そのことにずっと悩んでいた。

大学生になり一人暮らしをはじめたのを機に、ヨシヒサと名乗り男の子の格好をするようになったが、やっぱりピンクの服が大好きで、外見も細くて小さい自分を男の子として見てくれる人はいないと……。

今日のスイーツ会でも、ヨシヒサくんが女の子だと気づいた人たちは、きっとヨシヒサくんのことを、男の子ぶっている女の子だと思っている。

——あのピンクの子って〝オレっ娘《こ》〟ってやつだよね。アニメの影響かね。

別のスイーツ会で一緒になった人が、そう言うのを凌吾は聞いたことがある。ヨシヒサくんは男の子だよ、と言いたいのをぐっとこらえた。

代わりに、ヨシヒサくん本人に何度も伝えた。

——ヨシヒサくんは、世界一ピンクの似合う男の子じゃないかな。

そのたびヨシヒサくんは本当に嬉しそうな顔をした。

実際の性別がどうであれ、ヨシヒサくんが自分は男の子だと感じていて、男の子でありたいと強く願うなら、これからも男の子のヨシヒサくんと良き友人でいたいと凌吾は思う。

だからヨシヒサくんが、凌吾がバレンタインのチョコレートをもらってもやっとしたと聞いて、顎《あご》が外れそうなほどびっくりしたのだ。

ヨシヒサくんは赤い顔で続けた。

「要するに、その……りょうさんに彼女ができたら、もう、りょうさんちに月わたさんのケーキを持ち込んで一緒に食べたり、朝まで延々とラインでスイーツ談義したりできなくなるのかなって考えたら、なんかズシンときて――本当に、おれが勝手にいじけてただけなんだ、ごめん」

年齢も身長も離れすぎているけど、ヨシヒサくんのことを最高のスイーツ仲間で、友達だと思っている。ヨシヒサくんも同じ気持ちでいてくれたことがわかって、胸が震えるほど嬉しくて、凌吾も顔を赤らめながら告白した。

「それなら大丈夫だよ。実は……あのルビーのマンディアンはヨシヒサくんにあげるために買ったんだ」

「えっ」

小柄なヨシヒサくんがひっくり返りそうなほど顔を上げて、凌吾を見る。

「公式サイトで画像を見たときから、このピンクの三日月、絶対ヨシヒサくんが好きだろうなと思ってて、インフルエンサーさんに紹介されて爆売れしてるみたいだから早めに確保しておいたんだ。うちは月わたさんの近所だから、いつでもいけるし」

「え、え、ええっ」

「スイーツ会のあとで渡すつもりだったんだけど、スイーツ会用のルビーのマンディアンが調達できなかったから出しにくくて……多めに買っておけばよかったんだよな。ぼくはそういうところが気が利かないんだなぁ……それに、バレンタイン用の手提げ袋が予想外に可愛すぎて、男から男にバレンタインのチョコをあげるのは、どうかと……ヨシヒサくんも嫌かなって迷ってて……」

ヨシヒサくんがやっと笑顔になった。

「嫌なわけないよ。ルビーのやつ自分用に一番欲しかったから超嬉しい。ありがとう、りょうさん」

仲直りできて、凌吾もほっとして頬がゆるんだ。

やっぱりちょっと照れくさかったけれど。

ヨシヒサくんが紅茶を運ぶのを手伝ってくれて、みんなのところへ戻ってケーキを食べる。

二人とも気になっていたチョコミントケーキに、凌吾とヨシヒサくんは、ほとんど同時にプラスチックのフォークをさす。

チョコレートのジェノワーズとチョコチップ入りのミントクリームを交互に重ねていて、しっとりした生地に甘いミントのシロップがしみている。見た目も爽やかなミントグリーンのクリームには、ほろ苦いチョコチップがたっぷり入っていて、口の中でパリパリと鳴る。

小さくカットしてあるので、一口で食べ終えてしまう。それでもすーっとした余《よ》韻《いん》がずっと残っていて――凌吾もヨシヒサくんも、しばらく目を閉じてうっとりしていた。

「チョコミントケーキ、ヤバイです、りょうさん」

「体がふわ～っと宙に浮くような味わいだね。語部さんが言ってたよ、ミントの花言葉は『あたたかな心』と『永遠の爽快』なんだってさ」


――ミントグリーンの色合いに目をなごませ、甘いミントシロップがしみたチョコレートのジェノワーズに心がやわらかくほどけ、ほろ苦いチョコチップがパリパリと鳴るのに楽しくなり、鼻をすーっと抜けてゆくようなミントクリームの爽やかな余韻がいつまでも続く……そのようなケーキでございます。

永遠の爽快、まさに花言葉どおりだ。

そして、凌吾の心はぽかぽかとあたたかい。

永遠に続くものなんて現実にはないと、三十九歳の凌吾はちゃんと知っている。

もしこの先、ぼくに彼女ができたり、ヨシヒサくんにぴったりのパートナーが現れたりしたとき、今のぼくたちの関係がどうなるのかわからないけれど……。

二人で同じケーキを食べて、同じようにうっとりして、笑顔で感想を言いあって、胸がぽかぽかとあたたかくなって、たっぷり語りつくしたあとは、すっきり爽快な気持ちになれる。

そんな仲間がいることが本当に嬉しくて、スイーツが好きでよかった……と凌吾は静かに思った。

第三話

キュンと甘酸っぱいレモンピールを甘いミルクチョコレートでコーティングしたシトロネット

Episode 3

牧原くんに、どんなチョコレートをあげようかと、麦は姉の店を手伝っているあいだずっと考えていた。

一週間のバレンタインフェアがはじまってから、店内はチョコレートだらけだ。壁の棚にもショーケースにもチョコレートのお菓子やケーキが並んでいる。

麦の高校のクラスメイトで、パートのふみよさんの長男でもある牧原爽馬《そうま》は、野球部に所属する食べ盛りの男の子だ。甘いお菓子も大好きで、麦が店の売れ残りや試作品をお裾《すそ》分けすると、顔をぱーっと輝かせ、麦がドキドキしてしまうような笑顔を見せてくれる。

うまい、うまい、と大きな口でぱくぱく食べてくれる様子も気持ちがいいし、可愛らしい。

麦はチアダンス部に所属していて、バレンタインの当日はチアのコスチュームで運動部を巡りチョコレートを配ることになっている。

冬の洋菓子店は繁忙期で、姉の店の手伝いで部活も休みがちだが、バレンタインの運動部巡りはチア部の伝統なので、参加するよう先輩に言われていた。

もちろん野球部へも行くだろうけど、それ以外にも爽馬には麦個人としてチョコレートをあげたい。

義理チョコを装って軽く渡すか、それとも手作りで本命アピールすべきか。

でも、姉のケーキを食べ慣れている爽馬に手作りを渡すのはどうなのか？

お姉さんのケーキより味が落ちる、とがっかりされたりしないか。やっぱり手作りはナシ！

店を手伝っているあいだ、麦はバレンタインの商品をぬかりなくチェックしていた。やっぱりクラシックガトーショコラとか、ブラウニーとか、ザッハトルテとか、大きくて食べごたえがあるやつが、牧原くんは好きかな……。でも、ホールでどーんと渡すのって、ガチすぎて引かれない？

ううん、牧原くんは普通に喜びそう。喜びそうだけど……。


——すっげー！　ありがとう！　ありがとな！　三田村《みたむら》さん！　チョコレートケーキのホール食いなんて夢みたいだ！　うわぁ、めちゃうまっ！　最高！

ホールのケーキにぐさりとフォークをさし、あっというまにたいらげてしまう爽馬の様子がまざまざと浮かび、麦は肩を落とした。

全然ロマンチックじゃないし、爽馬の意識は完全に丸ごとのチョコレートケーキにもっていかれて、麦の気持ちは伝わらないだろう。

うぅっ、大きいやつもナシ。

それにあまり大きいと、学校で渡したら目立つし。

女の子のお客さまがバレンタインに渡す用に買っていくチョコレートで人気なのは、半月のボックスに入ったボンボンだし、丸い透明な箱に花びらのように並べた小さな三日月のマンディアンもよく出てるけど……牧原くんは、少ない、小さい、って思うかも。いっそチョコレートのクッキー缶とか焼き菓子の詰め合わせとか。

あっ、また質より量になってる。

もう小さくていいから、牧原くんがドキッとして、あたしを意識しちゃうようなやつで、あの『月が綺麗ですね』のカードも入れたいな……。

——こちらは、かの文豪夏目漱石が、英語の『I love you』を『月が綺麗ですね』と訳したという俗説から広まった、非常に奥ゆかしい愛の告白です。

——どうぞチョコレートに添えて、大切なかたにお渡しください。

語部がお客さまにすすめるのを見ていて、いいなぁと憧れていたのだ。

牧原くん、現国の授業中に机に顔を伏せて寝てたから、意味は伝わらなそうだけど……。

こんなふうにバレンタインデーのことで頭がいっぱいの麦だが、姉のことも心配していた。

バレンタインのフェアがはじまる少し前、語部の元カノを名乗る夏名子が店を訪れ、姉はわかりやすく落ち込んでいた。

ところがその後なぜか姉と夏名子のあいだに親交が生まれ、夏名子が好きな人に渡すチョコレートを姉が作るという。

姉がしどろもどろで語ったところによると、夏名子が運命だと言っていたのは、そのチョコレートを渡す相手で、語部ではないという。

なら夏名子の元カノ発言はなんだったのか？

その話をすると姉は黙ってしまい、語部はさらりとはぐらかすため、麦はやっぱりあの人とカタリべさんのあいだにはなにかあると、今も疑っていた。

ただ、姉がパティシエとして夏名子の依頼を引き受けたのなら、口出しはできないし、様子を見守るしかない。

お姉ちゃん、どんなチョコレートを作るんだろう……。

お店が終わったあと姉がなかなか帰ってこないので様子を見に行ったら、チョコレートの香りがただよう暗い店内の、厨房にだけ明かりがついていて、姉と語部が二人きりで作業をしていた。

それはいつものことだけど……年明け前後にはお互いに見つめあったり、微笑みあったりして、麦がくすぐったくなってしまうような甘い空気が流れていたのが、手を動かす姉の表情は真剣で、隣で姉の補助をしている語部の横顔も静かだった。

——チョコレートをもっと薄くできないかと……。テリーヌにも、もうひとつアクセントを加えたいです……。

——そうですね、ラム酒など相性が良さそうですが、シェフがここで表現したいものはなんでしょう。

——ときめきと……喜びを。

——それは華やかで甘いのでしょうか、すっきりと爽やかなのでしょうか、それとも喜びの中にほろ苦さが混じるのでしょうか。

漏れ聞こえてくる声からも、二人がこの仕事に真摯《しんし》に取り組んでいることが伝わってきて、麦は声をかけずにそっと二階の自宅に戻ったのだ。

きっとあれは夏名子さんに依頼されたチョコレートなのだろう。

バレンタインには、あたしは牧原くんに本命のチョコレートを渡して、お姉ちゃんも納得のいくチョコレートを完成させて、カタリベさんともいい感じに丸くおさまるといいなぁ。

◇　◇　◇

そして、あっというまにバレンタイン当日を迎えた。

お店は大忙しだろうけど、今日は麦はチア部があるので手伝えない。

それに牧原くんにもチョコレートを渡さなきゃだし……。お姉ちゃん、頑張ってと、心の中でエールを送って、麦は家を出て学校へ向かった。

教室へ入ると、真っ先に爽馬の机のほうを見た。

爽馬は普段と変わらない様子で令二《れいじ》と話している。令二は麦の幼なじみで、爽馬と仲が良い。

なにを話してるんだろう……牧原くん、もう誰かからチョコレートをもらったかな？

秋に、校内の食堂で爽馬を見初《みそ》めてストーカーになった三組の吉川小毬《よしかわこまり》は、そのあと改心して、今は控えめに爽馬へのアプローチを続けている。

といっても爽馬はストーカー行為に気づかないほど鈍感なので、そんな控えめな取り組みが爽馬に伝わるとは思えないのだが。

きっと吉川さんも牧原くんにチョコレートを用意しているだろうなぁ。

どんなチョコレートにしたのか、ちょっと気になる。

そのとき、チョコレートが入っていると思われる手提げの紙袋を持った、綺麗な女子が現れた。

美人で有名な二年生の先輩だ。

麦たちの教室に堂々と入ってきて、爽馬のほうへ近づいてゆく。

まさか、あんな美人の先輩が牧原くんに！

麦は焦ったが、美人の先輩がにっこり微笑んで紙袋を差し出したのは、爽馬の隣にいた令二にだった。

「はい、あげる。委員会で浅見《あさみ》くんに助けてもらったから、お礼よ」

お礼と言いつつも本命チョコであることは、紙袋に入ったブランドのロゴマークや、美人の先輩の華やいだ笑顔から、誰の目にもあきらかだ。

わざわざ人目のあるところで渡したのは、他の女子への牽制《けんせい》だろう。

令二は爽やかな容貌で成績もよく、親切で気遣い上手だと、女子に人気がある。

中学生のときもバレンタインデーにたくさんチョコレートをもらっていた。

――手作りとか重いからやめてほしいよな。だいたいなんで一方的に押しつけられたものへ、お返しをしなきゃいけないんだ。

実際の令二は、付き合いの長い麦もドン引きするほど真っ黒だ。

外面は完璧なので、きっと美人の先輩のチョコレートもそつなく受け取るのだろうけど。

そう思っていたら、令二は毅然《きぜん》として言った。

「ありがとうございます。でもすみません、好きな人以外からのチョコレートは全部お断りしているんです」

麦はびっくりした。

爽馬も目を丸くしている。

他のクラスメイトたちも、

「浅見くんの好きな人って誰？」

「あんな美人の先輩のチョコレートを断るなんて」

と、ざわめいている。

美人の先輩が顔を引きつらせて退場したあと、また新しい女の子たちが次々令二にチョコレートを渡しにきたが、令二は同じように断っていた。

しまいには断るのも面倒くさくなったのか、休み時間になるとどこかへ行ってしまった。

爽馬は女の子たちに取り囲まれ「浅見くんはどこへ行ったの？」と訊かれて、「えー、おれ、知らないよ。便所じゃね？」と困っていた。

おかげで麦も爽馬に近寄れない。

もぉ、牧原くんは令二くんのお世話係じゃないんだよ。

しかも令二ファンの女の子たちから、

「浅見くんが好きなのって、やっぱり三田村さんじゃない？」

「浅見くん、三田村さんがバイトしてるお店に通ってるっていうし、クリスマスには浅見くんも執事の制服を着て、お店を手伝ったらしいし」

「それ、もうつきあってるよ」

と、こそこそささやかれ、焦った。

やめてよーっ！　牧原くんが誤解したらどうするのーっ！

それに令二が好きなのは、麦ではなく姉の糖花なのだ。

多分令二くんはあそこだろうと、音楽室の奥にある準備室へ行ってみると、やっぱりいた。

「なんだ麦か、驚かすなよ。女子だけじゃなく男子にまで、好きな人って誰だって訊かれてうんざりなんだから」

「令二くんが、好きな人からしかチョコレートを受け取らないなんて言うからだよ。中学のときは全部受け取ってたじゃない。お返しがめんどくさいけど、断ったらもっとめんどくさそうだからって」

するとと令二は少し照れくさそうに、自慢げに言った。

「今年はもう、糖花さんからもらった分だけでいいんだ」

「えっ！　お姉ちゃんが令二くんにチョコレートあげたの？　いつ！」

「おととい……糖花さんの店へ母さんのおつかいで行ったとき、お味見してみてねってチョコレートをもらって」

「それ、ただのおまけじゃん、試食じゃん」

「人の喜びに水をさすな」

令二がムッとしながら赤い顔で言う。

「っっ、いいんだ……っ。糖花さんがぼくに手渡しでバレンタインのチョコレートをくれたのは事実なんだから……」


令二くん、健気だな……。


まさか令二の純情に、しんみりさせられる日が来るとは思わなかった。

クリスマスに語部不在で店が大変だったときも、令二は演劇部から借りた執事の衣装を着て、レジと接客を頑張ってくれた。幼少時代、令二は姉への恋心をこじらせ、ことあるごとに意地悪をしていた。それで令二を避けていた姉も、近頃は令二が店へ来ると『いつも、たくさんお菓子を買ってくれてありがとう』と、はにかみながらお礼を言い、おまけのお菓子をそっと渡すようにまでなった。

姉は語部に恋をしていて、令二が姉と恋人同士になることはないだろうと麦は思っているが、語部の元カノが現れて、もしかしたら令二くんにもワンチャンスあるかも……などと考えてしまう。

カタリベさん、ちゃんとお姉ちゃんをケアしとかなきゃダメだよ。令二くん、手強くなってきてるよ。


「ぼくのことより、自分はどうなんだ。爽馬にチョコレートを渡したのか？　教えてやるけど、爽馬はもう、クラスの女子から二個、別クラスの女子から一個、上級生から一個もらってるぞ。それとロッカーに突っ込んであった無記名のやつが一個」

「そんなに！　あたし、出遅れた？」

「まぁ、ほぼ友チョコ、義理チョコだけど。ロッカーのやつはストーカーからかもしれないな」

「吉川さんかな」

　そう言うと、令二はさめた声で、

「……いや、吉川なら今朝、教室の近くでバレンタインっぽい手提げの紙袋を持って、こそこそ、うろうろしていて、爽馬に渡したそうにしてたけど。別のクラスの女子が先に爽馬に声をかけてチョコレートを渡したんで、しょぼくれて帰っていったから。最新ストーカーじゃないか」

「最新って、やめてよー。でも吉川さん、来てたんだ……」

「休み時間も廊下からチラチラのぞいてたし、また来るだろうな」

きっと吉川さんも、牧原くんが女の子に囲まれてたんで声をかけられなかったんだろうな……。

それは令二のせいなのだけど。

小毬は麦の恋敵《こいがたき》だけど、そんな話を聞いたらやっぱり切なくなってしまう。

吉川さん、牧原くんにチョコレートを渡せるといいね。

よし！　あたしも頑張ろう。

そう気合を入れ直したものの、爽馬はなかなか一人にならず、いい感じに渡すタイミングを見つけられないまま放課後になってしまった。

仕方がない、チア部のあとで渡そう。

ホームルームが終わり、同じチア部の友人加藤楓《かとうかえで》とばたばたと部室のロッカーへ移動し、チアのコスチュームに着替える。

両手にぽんぽんを持ち、肩から大きな紙袋をさげる。そこにはアーモンドチョコやキスチョコ、一口サイズの板チョコを透明な袋に少量ずつ可愛くラッピングしたものが、どっさり入っている。

チョコレートは、麦が姉に頼んで用意してもらったものだ。ラッピングはチア部の部員たちでやった。

バスケ部、バレー部、卓球部と、まず体育館をぐるりと回って、ぽんぽんを振って、

「チア部から、応援チョコレートです！」

と華やかな声を上げ、部員たちにチョコレートを配る。

男子部員だけでなく、女子部員にも、

「頑張ってください！」

「ずっと応援してます」

と言いながら、チョコレートを手渡してゆく。

「うわー、ありがとう」

「えっ、三田村さんのお姉さんのお店のチョコなの？　月わたさん、あたしファンなんだ」

「わたしも！　月わたさんのお菓子、美味しいよね」

男子部員は照れくさそうに、女子部員は嬉しそうに受け取り、お祭り気分で盛り上がった。

そのあと校庭に移動する。

二月半ばの空は、雲もなく青々と晴れ渡っている。

サッカー部、陸上部と回り、麦の大本命、野球部へやってきた。

事前にチア部の先輩たちに、

『牧原くんは同じクラスで、牧原くんのお母さんがお姉ちゃんのお店でパートさんをしていてお世話になっているので、牧原くんには、あたしが渡したいです』

と頼んでおいた。

あからさまだったかもしれないけど、みんなにやにやしながら『いいよ、三田村さんは牧原くん担当ね』と言ってくれた。

クラスメイトで仲良しの楓も『やっぱりそうだったんだ。甲子園の予選大会の応援も、麦、すっ転んじゃうほど気合入ってたもんね』とうなずいていた。

それは思い出させないでよ～と、麦は恥ずかしさに顔を熱くして訴えたのだった。

今度は、すっ転ばないようにしなければならない。

グラウンドに散らばって練習していた野球部員たちが集まってきて、その中にユニフォームを着た爽馬もいる。

麦と目があうとにっこりしてくれて、麦はいきなり心臓が爆発しそうだ。

「チア部から、応援チョコレートです！」

ぽんぽんを振って盛り上げ、チョコレートを渡す。

「はい、牧原くん、今年もめいっぱい応援するからね！」

「ありがと！　三田村さん！」

大きくてごつごつした爽馬の手に、麦がラッピングした小さなチョコレートたちをドキドキしながらのせる。

チア部やっててよかったー。

甘酸っぱい気持ちでいっぱいになり、麦もにこにこ、へらへらしてしまった。

けど、まだ終わりじゃない。

バレンタインフェアのあいだ麦が思案に思案を重ねて選んだチョコレートが、麦のスクールバッグの中に入っている。

チア部のお役目を無事に務め上げ、野球部の練習が終わるころを見計らって、麦はまたグラウンドへ足を運んだ。

空は静かな夕焼けに染まっている。

ボールを裏庭の倉庫に片付けにきた爽馬に、

「牧原くん」

と、小声で呼びかける。

「あれ？　三田村さん？　どうしたの？」

バレンタインデーに人気《ひとけ》のない場所で、緊張でそわそわしている女の子に呼びかけられても、まったくピンときていないのが爽馬らしい。

普段と変わらずリラックスしている爽馬に、肩も腕も足もがちがちにこわばらせて、小さな手提げの紙袋を差し出した。

水色で、満月、半月、三日月の、三つの月がデザインされている『月と私』のバレンタインデー用の紙袋だ。

「さっきはチア部からチョコレートをあげたから、これはあたし個人から」

「え、チョコレート！　ありがとう、三田村さん！　三田村さんのお姉さんのお店のだ。めちゃ嬉しい」

紙袋を受け取った爽馬が、わくわくしている顔で中をのぞく。

「あ、カードが入ってる」

麦の心臓が、また跳ね上がる。

なんと！　爽馬はその場でレモンイエローの丸いカードを袋から出し、縦書きの白い文字を読み上げた！

「月が綺麗ですね……」

麦は心の中で、わー！　きゃー！　と悲鳴を上げた。

まさか目の前で読まれるなんて！　しかも声に出して。

頭が沸騰《ふっとう》して体中から湯気が出そうだったが、爽馬はちょっと首をひねったあと、すぐに明るい顔で言った。

「ああ！　お姉さんのお店の名前が『月と私』だからか。それで『月』なんだ」

全然伝わってない！

予想していたとはいえ、麦はがっくりしてしまった。

まぁ……牧原くんらしいよね。

なんとか気を取り直して、小さな笑みを作り、

「ゆっくり食べてね」

と伝えて、その場を離れた。


夕日に染まる倉庫の前に一人残された爽馬は、また首をひねっていた。

ゆっくり食べてね……って、どういう意味だろう。

それに三田村さん、いつもと笑いかたがちょっと違ったような……。いつもはぱーっと明るく笑うのに、静かで大人っぽい笑いかたで……三田村さんのあんな顔、はじめて見た。

なんだか気になって、チョコレートの入った紙袋を持ったまま麦が去ったほうを見ていたら、

「おい、爽馬」

今度は令二に呼ばれた。

今日一日、女子から逃げ回っていた令二は、そのせいかえらく不機嫌そうで、唇

をちょっと尖《とが》らせて、

「やる」

と、手提げの紙袋を爽馬のほうへ突き出してきた。

爽馬の視線が令二の手元に落ちる。

あれ、この紙袋って。

今、三田村さんからもらったチョコレートの紙袋と同じやつなんじゃ。

水色で、満月、半月、三日月がデザインされていて、小さめのサイズもまったく一緒だ。

え？　令二が、おれにチョコレート？　なんで？

わけがわからず啞然とする爽馬を不機嫌そうに見ながら、令二がチッと舌打ちした。

◇　◇　◇

まったく、なんでぼくがこんなこと！

ぼーっとする爽馬にチョコレートの紙袋を差し出しながら、令二は心底ムカついていた。

好きな人のチョコレートしか受け取らないと言っているのに、

――お願い！　もらってくれるだけでいいの！

と、いかにも本命仕様のチョコレートを押しつけてこようとする女子も、

――浅見くんの好きな人って誰！　うちの学校の人？　何年生？

――おい、もうつきあってるのか？

と、うるさく訊いてくる連中もうっとうしかったが、それ以上に、バレンタインの小さな手提げ袋を胸に抱えるように持った吉川小毬が、ちらちら視界に入ってくるのが、わずらわしくて仕方がない。

あの紙袋、糖花さんの店でチョコレートを買ったのか。

さっさと爽馬に渡せばいいのに。

爽馬の元ストーカーで、あれだけ周りの目もおかまいなしに図々《ずうずう》しく爽馬にまとわりついていて、爽馬の友達の令二のことも邪魔者扱いしてじっとり睨《にら》んだりして

いたのに、なにを今さら内気になっているのだか。

爽馬に声をかけようとしてかけられず、細い肩を落としてしゅんとしているのにイラッとしてしまう。

麦とお互いの恋を協力しあう同盟を結んでいる令二は、なぜか小毬とも同じ同盟を結んでいる。

いや、令二に承知した覚えはなく、小毬が一方的に提案してきただけなのだが。

――浅見くんは……三田村さんのことが好き……なのね。

小毬にぼそぼそとそう言われたときは、目をむいた。

三田村さんとは糖花ではなく、麦のことだ。

麦が爽馬のことを好きなので、爽馬の友人の令二は麦に気持ちを伝えられずにいると小毬は思い込んでいるようで。

――あたし、浅見くんが三田村さんとうまくいくように応援するわ……。だから、あたしと爽馬くんのことも……浅見くん、協力して。あたしが爽馬くんの本当の彼女になれたら、浅見くんにとっても都合がいいでしょう?

そんなふうに誤解を加速させて、令二を味方にしたつもりでいる。

いくら令二が、麦は幼なじみなだけで好きなわけじゃないと言っても、信じやしない。


——あたしには、本当のこと言って……いいんだよ。一人でこっそり想っているの、辛いよね。


などと同情までされてしまって、これだから思い込みの激しいストーカー女は！

そんな女に、ぼくが好きなのは麦のお姉さんだと、わざわざ教えてやる必要はない。

それに、麦と小毬、どちらを応援するかと訊かれたら、糖花の妹で幼なじみの麦に決まっている。

爽馬の友人としても、元ストーカーのじめじめした小毬より、明るく溌剌とした麦のほうが断然おすすめだ。

なので、令二は爽馬のことで小毬に協力してやる気など、さらさらなかったのだが——。

早く渡せってば！

爽馬はけろっと受け取るから。

ああ、またうつむいて唇とか嚙《か》んでるし。

重いんだよ、暗いんだよ。

たかがバレンタインのチョコレートだろ。


暗い顔でうつむいている小毬を見かけるたび、もやもや、むかむかしているうちに、放課後になってしまった。

小毬はまだ爽馬にチョコレートを渡せていない。

麦はチア部全員で運動部にチョコレートを配って回るのだと、ホームルームが終わって早々忙《せわ》しく教室を飛び出していった。

きっと部活が終わるころに、爽馬にチョコレートを渡すつもりだろう。

吉川はどうするんだ。

あの様子じゃ、爽馬にチョコレートを渡すのは無理だろう。糖花さんが作ったチョコレートを無駄にする気か、本当に腹が立つ。

またイライラしながら、女子の目を避けて廊下を歩いていたら、曲がり角から小毬がひっそりと姿を見せた。

令二を待ち伏せていたのではなく、たまたま会ってしまったようで、びくっとして立ち止まる。

小毬はコートを着てスクールバッグを肩にさげて、帰宅しようとしているように見えた。

「……」

「……」

お互い沈黙してしまい、気まずい空気が流れて――そのまま無視して帰ってしまえばよかったのだが、令二は口を開いていた。

「爽馬は部活に行ったぞ。チョコレート、まだ渡せてないんだろ。どうするんだ」

ああ、なんで、わざわざこんなこと訊いてやってるんだ。いや、吉川小毬はどうでもいいが、糖花さんのチョコレートを無駄にしたくないから。

小毬は泣きそうな顔で、スクールバッグから『月と私』のバレンタイン用の手提げの紙袋を出し、令二に差し出した。

「……浅見くんに、あげる」

令二は顔をしかめて、硬い声で言った。

「爽馬のために用意したチョコレートじゃなかったのか?」

「……そうだけど、やっぱり……あたしからのチョコレートなんて、迷惑だから」

爽馬が女子に囲まれているのを見て、自信を失ってしまったのだろうか。

本当に今さらだ。

爽馬をストーキングしていたときのガッツはどこへ行った。

苛立つ令二に手提げの紙袋を押しつけて、小毬は逃げるように走っていってしまった。

「ほんんんとに、勝手なやつだなっ。ぼくは好きな人のチョコレートしか受け取らないって言ってるのにさ」

糖花さんのチョコレートをゴミ箱に捨てるわけにはいかない。爽馬のロッカーに突っ込んでおくかと、紙袋の中に入っているチョコレートの箱を見て、ハッとした。

水色の丸い小箱……。

中身は、令二が糖花にもらった、細長いレモンピールを甘いミルクチョコレートでくるんだ、三日月のシトロネットだ。

——美味しくできたから、令二くん、お味見してみてね。

糖花が白い手で、そっと令二の手に忍ばせてくれたシトロネットは、おまけ用の小さな透明な袋に入っていたけれど。

ガラスで仕切られた厨房からわざわざ出てきてくれて、ほんわり微笑んで、令二が好きな内気そうな優しい声で、令二くん、と名前まで呼んでくれた。

自分の部屋で、糖花のやわらかな微笑みと優しい声を思い出しながら食べたシトロネットは、甘いミルクチョコレートがパリパリと崩れて、しっかり弾力のある食感のレモンピールが爽やかに香り、キュンと甘酸っぱく、震えてしまうほど美味しかった。


たかがバレンタインのチョコレートだろ……。


ずっとそんなふうに思っていて、チョコレートに一喜一憂する人たちをバカにしていた。

けれど、あんなに嬉しくて、あんなに幸せで、震えるほどに美味しくて、この三日月のシトロネットはただのチョコレートじゃない。

特別なチョコレートだ。

「あーっ、くそ」

しかめっつらでうめき、令二はまた人目を避けて移動した。音楽準備室は放課後は合奏部の部員が来るから使えない。爽馬の部活が終わるまで、どこか身をひそめる場所を探さなければ。

「ったく面倒くさい」

空が夕日に染まるころ、令二は潜伏先の社会科資料室から出てゆき、裏庭のプレハブ倉庫の前で麦からバレンタインのチョコレートを受け取っている爽馬を目撃したのだった。

麦は緊張しているようだが、爽馬のほうは普段通りのなんにも考えてなさそうな笑顔だ。麦が去ったあとも、ぼけーっとしていて。そんな友人にイラッとしながら、令二は小毬のシトロネットが入った紙袋を差し出したのだ。

「それ、ぼくじゃなくて、吉川からだから」

舌打ちして告げて、なにか言っている爽馬を無視して校門に向かってざくざく歩き出した。

のんきな爽馬がうらめしい。

おまえも、ちょっとは悩め！

心の中で、さんざん文句を言いながら。

◇　◇　◇

チア部のみんなと、部室で友チョコをつまみながらおしゃべりしていたら、帰りがちょっと遅くなってしまった。

群青色《ぐんじょういろ》の空に、明るく澄んだ月が浮かんでいる。

それを見上げながら、麦は爽馬のことを考えていた。

どんなチョコレートをあげようか悩みに悩んで爽馬に渡したのは、パリパリのミルクチョコレートでレモンピールを包んだ三日月のシトロネットだった。

語部が、お客さまの女子大生にすすめていたものだ。

その人は、片想い中のサークル仲間の男の子に渡すチョコレートを、どれにしようか迷っていた。

――こちらの三日月のシトロネットなどはいかがでしょう。細く切ったレモンの皮を数回茹《ゆ》でこぼしたのちに、レモンの果汁とグラニュー糖で煮つめて乾燥させたレモンピールを、ミルクチョコレートでコーティングしたお品でございます。

――すっきりした甘さのミルクチョコレートがパリパリと割れ、弾力とやわらかさのあるレモンピールが、爽やかさと甘酸っぱさを奏でます。

――こちらは一度にたくさん召し上がるのではなく、あたたかい紅茶などと一緒に、ゆっくり時間をかけて味わっていただくお品でもございます。

――小さな箱に並ぶ甘く酸っぱい三日月を、毎日少しずつお召し上がりいただくあいだ、贈り主のことを考えていただけるように。

艶のあるなめらかな声で、朗々と語られる言葉に、女子大生はその状況を想像しているようなぽーっとした表情で耳をかたむけ、三日月のシトロネットの小箱を購入していったのだ。

バレンタイン用の手提げの紙袋の中に、レモンイエローの満月のカードをはにかみながら忍ばせて。

好きな人がチョコレートを食べるあいだ、自分のことを考えてくれたら素敵だろうな……。

麦もそう思って、爽馬にシトロネットをあげることに決めたのだ。

一緒に紙袋に入れた満月のカードの意味は、残念ながら伝わらなかったけれど。

お姉ちゃんとカタリベさんが月の魔法を注いでくれたシトロネットを食べながら、牧原くんがあたしのことを考えてくれたらいいな……。

すっきりしたレモン色の月は、家路を辿《たど》る麦にずっと寄り添っていた。

ティーブレイク

しゃりしゃりのチョコレートの
糖衣がたまらない、
こってり濃厚なザッハトルテに
無糖の生クリームを添えて

Tea Break

「おまえなー、バレンタインの夜に、おれが在宅しているはずがないと思わなかったのか？　郁斗」

アポ無しで自宅のマンションに突撃された時彦は、苦りきった顔で言った。

インターホンが何度も鳴り響き、なんだ、おれのファンがおれの部屋を特定して押しかけてきたのか？　前にSNSにタワマンから撮った夜景をアップしたのがヤバかったか？　とソファーでフランス菓子のレシピ集をめくりながらだらけていたのが飛び上がり、モニターを表示したら、

「おれだよ～！　時兄《に》ぃ！　バレンタインのチョコレートケーキを届けにきたよ～！」

と、きらきらした金色の頭と、明るい顔、陽気な声が、時彦の目と耳に飛び込んできた。

郁斗は時彦の親戚の少年だ。

資産家一族の本家の末っ子として生まれ、祖父と両親と、歳の離れた二人の兄と一人の姉たちから猫可愛がりされて育ち、たいして勉強もしていないのに難関の進

学校にすんなり合格した。

それが突然パティシエになると言い出し、入ったばかりの高校をあっさりやめてしまった。

髪も金色に染め、

「おれ、時兄ぃリスペクトだから！　時兄ぃと同じ色にしてみた！」

と屈託なく笑っていて。

あのとき時彦は、親戚一同が集結した本家の邸宅に呼びつけられて、おまえが大学の受験を全部すっぽかして勝手にフランスへ行ってパティシエなんかになったから、優秀な郁斗くんまでおまえの影響で不良になってしまったと、主に時彦の両親から、がんがん責められたのだ。

あんまり頭に来て、勢いで、郁斗はおれの店で面倒を見る！　と啖呵《たんか》を切ったものの、六本木の一等地に華々しく開店した時彦の店オルロージュは、ユーチューバーとのトラブルで炎上し、あっけなく閉店した。

その後、郁斗はストーリーテラーの販売員《ヴァンドゥール》が仕切る洋菓子店で働くことになり、郁斗に甘い家族も、まぁまだ若いし一度本人がやりたいようにやってみればいいんじゃないか、学校はいつでもいけるし、留学してもいいし、そうそう、就職先もうちの系列の会社で好きなところへ入ればいいから、と最終的に認めたようだ。

飛び抜けた金持ちには、学歴など無意味なのだろう。

そもそも郁斗の家族は、本家の総帥《そうすい》である郁斗の祖父を筆頭に、郁斗にひたすら甘い。糖度一〇〇パーセントの野放し状態だ。

郁斗が麻布《あざぶ》にある立派な邸宅を出て、家賃三万円、築五十年超えのすさまじいボロアパートで一人暮らしをはじめたときも、嫁ぎ先に実家からお気に入りの家政婦を連れてくるようなお嬢さま育ちの郁斗の母は、あら、風通しのよさそうなお部屋ね、壁も薄くて他の住人のかたの声も足音もよく聞こえるから、なにかあったとき助けをすぐに呼べて安全だし、こんなににぎやかだと郁斗さんも一人でも淋しくないわね、などと言っていた！

郁斗も満面の笑みで、

——うん！　お隣さんとか上階さんがドアを開けたときの音も、トイレの水を流したときの音も、包丁でなにか切ってるときの音も、酔っ払って陽気に歌ったりしてる声も、テレビでサッカーの試合を見て応援してる声も、なんでも聞こえてくるから楽しいよ！　あと虫もたくさん入ってくる！　ハエとかカマキリとかゴキ〇リとか！

などと言い、どちらかというと神経質で、飛行機で長時間移動するときは就寝時にノイズキャンセリングイヤホンをかかさず、一度でも着た服は必ず洗濯するかクリーニングに出し、虫が出にくいという理由でタワマンの上層階の部屋を選んだ時彦は、顔を引きつらせたのだった。

――いいか！　保証人にはなってやるけど、おまえの部屋には絶っっっ対に、足を踏み入れないからな！　困ったことがあっても、おれをあの部屋に呼びつけたりするなよ！　ちょっとでも体調が悪いと思ったら、早めにおれのところへ来て泊まってけ。

――わかった！　時兄ぃが病気のときは、おれが看病するから呼んでね。

と嬉しそうに答えていた。

そんな郁斗は、クリスマスの忙しさが過ぎたころから、しょっちゅう時彦のマンションへやってくる。

もちろん風邪をひいているわけではなく、いつも元気いっぱいだ。

郁斗のやつ、おれんちを自分の別宅だと思ってないか……。

しかめっつらでオートロックを解除してやると、今度は玄関のドアをどんどん叩《たた》く音がして、それも開けると、大きな保冷バッグを持った郁斗がいつもどおり元気な笑顔でぴょこんと入ってきた。

「お店にお客さんがいっぱい来て、めちゃくちゃ忙しかったよ！」

そりゃそうだろう。今日はバレンタインデーで、製菓業界ではクリスマスと並ぶ商戦日だ。

しかも『月と私』はスイーツファンのあいだで常に話題にのぼる人気店だから、トイレに行く暇もないほど忙しかったに違いない。

その割に郁斗の顔がつやつやしていて足どりも動作もちゃきちゃきと元気なのは、やっぱり十六歳という若さの賜物《たまもの》かと、二十代も後半に突入した時彦は苦い気持ちになる。

いやいや、おれだってまだ若い。

まだまだイケる。

だいたいフランス帰りの若手ナンバーワンパティシエとマスコミに絶賛された、イケメンでモテモテのこのおれが、バレンタインデーに予定が入っていないはずはないと思わなかったのか、こいつは。

　面白くなくてそう口にしたら、すでに勝手にリビングのカウンターキッチンでお湯をわかしたり、保冷バッグからケーキを出したり、ボールで生クリームをしゃかしゃか泡立てたりしていた郁斗に、けろりとした顔で言われた。

「だって時兄ぃ、無職で暇だし、今、彼女もいないし。絶対に家でだらだらしてると思ってた。正解！」

「うぐっ」

　実際その通り暇を持て余していたので、声をつまらせる。

　秋に『月と私』で郁斗が作った、まだ拙《つたな》いトルシュ・オー・マロンのデセールを食べて再起を誓ったものの、時彦が望む形でのリスタートは困難を極め、新しい出資者はまだ見つからない。

「あのなー、おれはフランス帰りの天才パティシエだから、あちこちのホテルやレストランから声がかかりまくりで、就職先なら腐るほどあるんだぞ。けどおれは、オルロージュを復活させたいんだ」

　都心の一等地で最高級のカウンターデセールというコンセプトにこだわらなければ、どうにでもなる。

　でも、それは時彦が夢見て、一度は実現させた店ではない。

郁斗の家族ほどおおらかではない両親から、出来損ないだの、家の恥だのと、さんざんなじられて勘当されても、そのころはろくに言葉もしゃべれなかったフランスで腕を磨いて頑張ってきたのだ。

いくら星付きレストランのチーフパティシエのオファーがあっても、引き受ける気にならない。

おれは、おれ自身の店といえる場所で、最高のスイーツを作りたいんだ。

郁斗が、チョコレートの糖衣でおおわれた丸いザッハトルテをケーキ用の長いナイフで切り分けて、これも勝手に引っ張り出してきた皿にのせながら言う。

「うん、時兄ぃは、王さまが合ってると思う」

「ま、そ、そういうことだな」

昔から郁斗が時彦に寄せてくる絶対の信頼は、嬉しくもあり、こそばゆくもあった。

郁斗の母親が実家から連れてきたフランス人の家政婦はマルグリットさんといい、愛称をマルゴさんという。郁斗たちは『まる子《こ》さん』と呼んでいて、時彦は彼女が作る古典菓子に魅了され、おやつ目当てに郁斗の相手をしてやっていた。

郁斗の兄たちは郁斗が子供のころには成人しており仕事や学業で忙しかったので、時彦が遊んでくれるのが嬉しかったのだろう。時兄ぃ、時兄ぃと、よくなついた。

時彦が本家の広々とした厨房で、マドレーヌやシュー・ア・ラ・クレームやタルト・タタンなどを作るようになると、郁斗はキッチン台から顔を出して、それはキラキラと期待にあふれた目で時彦がお菓子を作るのを見ていた。

――時兄ぃ、なに作ってるの？

――おいしそうだね、時兄ぃ。

――時兄ぃ、早く食べたい。

林檎《りんご》と砂糖がぐつぐつ煮えた鍋に指を突っ込んでつまみ食いしようとして、時彦に、うぉっ！　こらっ、危ねーだろうが！　とさんざん叱《しか》られてしゅんとしていたあの小さい郁斗が、バレンタインに自作のチョコレートケーキをデリバリーしてくれるとは……。

ソファーに両腕を広げ、どっかり腰をおろして時彦が感慨にふけっていると、郁斗が切り分けたザッハトルテの皿を運んできた。

どっしりしたチョコレートケーキには、しゃりしゃりしたチョコレートの糖衣が厚めにかかっていて、横にちゃんと生クリームも添えてある。

「ザッハトルテはウィーン発祥《はっしょう》の古典菓子で、チョコレートの王さまって言われてるんだって。時兄ぃにぴったりだろ？」

ケーキのうんちくは、あの流麗に言葉を操るストーリーテラーから聞きかじったのだろうか。

目を生き生きと輝かせて語る。

「でねっ、映画の『会議は踊る』でオーストリアの宰相《さいしょう》メッテルニヒから『これまで誰も口にしたことのないような特別な菓子を作るように』って命じられてザッハトルテを生み出したのは、当時十六歳の、まだ下っ端《ぱ》の料理人だったフランツ・ザッハーなんだって。おれと同じ十六歳だよ。親近感湧くよね」

「おまえは下っ端の、さらに下っ端だけどな」

フォークを手にして、チョコレートの糖衣をほじくるように切り下ろし、みっしりと目のつまったチョコレートのバターケーキと一緒に、ぱくりといただく。

「……」

時彦は無言になった。

郁斗は嬉しそうに話している。

「フランツ・ザッハーの名を冠したチョコレートケーキはウィーンで大評判になって、フランツの息子のエドヴァルトが開業したホテルザッハーの名物になったんだ。けど、ホテルの経営が苦しくなったときに援助を仰いだ王室御用達《ごようたし》のデメル菓子店も同じ名前のケーキを作りはじめて、それでホテル側が販売の差し止めを求めて裁判になっちゃったんだってさ。

七年もぐだぐだ争ったっていうからすごいよね。

結局、本家のホテルが〝オリジナル・ザッハートルテ〟。デメルがただの〝ザッハートルテ〟として売るようにって判決が下ってさ。

『月と私』で出してるザッハトルテは本家ザッハートルテに倣《なら》ってチョコレートのバターケーキを二段にして、そのあいだに杏《あんず》のジャムを挟んでるんだけど、おれのはデメル仕様で、スポンジの表面にだけ杏ジャムを塗って、その上からチョコレートの糖衣でおおってみた。このほうが、しゃりしゃりしたチョコレートと、どっしり濃厚なチョコレート生地を、もっと楽しめるんじゃないかなって。それに、こっちのほうが時兄ぃが好きそうだったし。形もお店のやつは半月だけど、時兄ぃにはバレンタインデースペシャルバージョンで、どーんと満月だよ」

郁斗が明るい声で語るあいだ、時彦はずっと無言でザッハトルテを食べ続けている。

こってりした甘さのある分厚いチョコレートの糖衣が口の中でしゃりしゃりとほどけ、甘酸っぱい杏のジャムがチョコレートの甘さにアクセントを与え、その下にまたどっしりみっちりした濃厚なチョコレートのバターケーキが待ち構えている。このチョコレートのバターケーキ自体がかなり甘い。

きっと三田村シェフなら、もう少し甘さを抑えて優しく繊細な味わいに仕上げるのだろうけど……。

インパクトのある甘さと濃厚さは、確かに時彦の好みだ。

てか、うまいわ……。

無糖のシャンティとのバランスもばっちりだな、おい。

『月と私』でトルシュ・オー・マロンを食べたときには、パーツの大部分を三田村シェフに助けられていたし、創意工夫は感じられるけど、まだまだひよっこだなと思っていたのに。

郁斗のやつ、いつのまに……。

「ねぇっ、時兄ぃ、おれのザッハトルテ、どう？　黙って食べてないで感想言ってよ、時兄ぃ」

時彦は顔を思いっきりしかめ、ぼそりと言った。

「……悪くない」

郁斗がみるみる笑顔になる。

「それ、フランス語で〝C'est《セ》 pas《パ》 mal.《マル》〟だよね！　いいじゃん！　ってことだよね！」

おまえ、フランス語の発音めちゃくちゃいいな！

「いーやっ！　チョコレートの糖衣は、ところどころ微妙に厚みが違ってぼこぼこしてるし、杏のジャムももうちょい酸味をきかせるとかブランデーを加えるとかしたほうがアクセントになるし、スポンジもどっしりしすぎて、一口目はいいけどだんだんキツくなるし。まぁ、悪くないけどな。悪くないけど、まだまだだな」

あーくそっ、十六歳の郁斗に負けてられるか、おれはパティシエ界の王さまになる男だぞ。

ダメ出しを続けながら、ザッハトルテをおかわりまでして食べ続ける時彦を、郁斗が目をきらきらさせて見ていた。

第四話

薄いチョコレートを重ねたムース・オ・ショコラに、月を浮かべたショコラショーを添えて

Episode 4

パンプスのかかとを、カツン、と鳴らして、夏名子は住宅街の片隅にある洋菓子店の前で立ち止まった。

明るい月に照らされた店のドアには『close』の札がかかっている。

今日はバレンタインデーだから、昼間はチョコレートやケーキを買いにきたお客さんであふれて、にぎやかだったに違いない。

けれど今はとても静かだ。

店の中から明かりがもれている。

——閉店の一時間後に、店にお越しください。ドアは開けておきますので、どうぞそのままお入りください。

この日のプロデュースを請け負ってくれた語部からは、そう聞いていた。

手で押すとドアはすんなり開いた。

中はカフェバーのようにほのかに明るく、窓際に置かれた丸いテーブルでキャンドルが揺らめいている。

黒い燕尾服に身を包み前髪を後ろになでつけた語部が夏名子を出迎え、うやうやしくコートをぬがせ、テーブルへ案内した。

雪成くんは、来てくれるかしら……。

今日は特別な日なので、さらさらした布地のワンピースを着て、おろしたてのパンプスを履いている。

緊張しながら待っていたら、シルバーフレームの眼鏡をかけた華奢な男性が店に入ってきた。

雪成だ。

いつもラフでシンプルな格好で通勤しているのに、コートの下にジャケットを着ているのは、語部が『スマートカジュアルな服装でお越しください』と伝えたためだろう。

テーブルに夏名子が座っているのを見て、雪成は驚いている様子で眼鏡のフレームに手をあてた。

「夏名子……先生？　先生も、九十九くんに呼ばれたんですか？」

「ううん、ごめんなさい、わたしが九十九くんに頼んで雪成くんを呼んでもらったの。雪成くんにどうしても伝えたいことがあって」

雪成がハッとした顔をする。

「もしかして九十九くんとヨリが戻って結婚するんで、その報告とか？」

「そうじゃなくて――」

また九十九くんとの仲を誤解しているのか、また伝わらないのかと、夏名子は頭が熱くなり、胸がギュッとした。

そこへ語部が、紅茶のポットとティーカップを銀のトレイで運んできた。

ポットからカップへ静かに紅茶を注ぎ、夏名子と雪成の前に置くと、優雅に一礼し、艶やかな声で言った。

「ストーリーテラーのいる洋菓子店へお越しくださり、ありがとうございます。本日は神田夏名子さまのご依頼で、特別なチョコレートケーキをご用意しております」

雪成が戸惑いの眼差しで、夏名子と語部を交互に見る。

なにか言いたそうだ。

それを押しとどめるように、語部がゆったりと微笑んで言葉を続ける。

「チョコレートは、なによりも温度が大切でございます。ほどよくとろけてきたころが一番美味しくお召し上がりいただけます。また当店では、お菓子やデセールにストーリーを添えてお出ししております。今宵《こよい》はバレンタインデーですので、チョコレートがよい具合にとろけるまで、恋の話をいたしましょう」

キャンドルの炎が静かに揺らめく店内に、つい引き込まれてしまう魅惑的な声が流れてゆく。

「これは私が月から聞いたお話です」

「彼女は同じ相手に、二度、本気のチョコレートを渡して告白しました。けれど残念なことに、どちらのときも彼女の気持ちは伝わりませんでした。それはなぜか。

一度目のチョコレートは、バレンタインデーの三週間後に彼に手渡されました。彼は受験生で、彼女は塾の講師でした。なので大切な試験の前に教え子である彼の心を乱したくなかったのです」

雪成がレンズの奥の瞳を大きく開いて、夏名子を見る。

夏名子は呼吸が困難になり、逃げ出したい気持ちだった。

汗がにじむ手のひらを、震えそうな膝の上でぎゅっと握りしめる。

「彼が合格の報告をするため塾を訪れ、彼女はようやくチョコレートを渡し想いを伝えましたが、その気持ちは正しく伝わりませんでした」

心臓が飛び出しそうだった一度目の告白を、頬が燃えるような恥ずかしさとともに思い出す。

バレンタインから三週間も過ぎた賞味期限ギリギリのチョコレートを大人ぶってクールに渡して――先生とおつきあいしてみる？　と年下の男の子をからかう口調で言ったこと。

冗談ですよね、驚きました、とあっさり流されたこと。

雪成も当時のことを思い返しているのか、目を伏せて考え込んでいる。

「……」

「二度目のチョコレートは八年後。彼は医者になり、彼女は医薬品メーカーの営業職についていました。この再会を、彼女は運命だと感じました。立場も年齢差も、あのころほどの障害ではありません。フランスへ出張した際に現地で厳選に厳選を重ねた高級チョコレートを、バレンタインデーに彼に渡して、告白しようとしたのです」

「ところが、またしても彼女の気持ちは伝わりませんでした」

「それは彼女が彼を好きすぎるあまり熱くなりすぎ、暴走してしまったからです。当時、彼が勤務する病院には、彼の昔なじみの青年が出入りしていました。普段から飲み会にも参加せず一人でいることの多い彼が、医療機器メーカーの広報統括者のこの青年とは親しげに見えたからでしょう。彼女は青年に積極的に近づき、彼の情報を得ようとしたのです」


雪成くん、九十九くん、と呼びあっているのを聞いて、あら？　と思った。

雪成くんが名前で呼んでいる、あの彼は何者だろう？

ここ数年で急成長している医療機器メーカーのカリスマ社長の右腕で社長の養子、広報統括者――ストーリーテラー？

そんな職業があるのね。

背が高く端整な顔立ちをしていて、言葉も物腰も知的でおだやかで紳士的な彼は、女性たちの熱い視線を集めまくっていた。

それに病院のお偉いさんやＶＩＰルームに入院する患者さんやそのご家族からも、縁談を持ち込まれることが多いようだった。

雪成くんとはどういう知り合いなのかと尋ねると、

――彼とは、子供のころからの昔なじみです。

と、簡潔に、明瞭に、答えた。

それは近所に住んでいた幼なじみということ？

語部は雪成より四歳年上で、海外の大学を卒業していると聞いている。なので学校の先輩後輩というような繋がりは考えにくい。

やっぱり家が近い幼なじみ？　それとも親同士が仲が良かったとか？

夏名子がどれだけ探りを入れても、語部は肝心なことはさらりとかわして教えてくれなかった。それでも夏名子の話には、なぜだか楽しそうに耳をかたむけてくれて、相談相手になってくれた。

雪成のことを話す相手ができたことが、夏名子は単純に嬉しかった。

だからしょっちゅう語部をつかまえて、雪成の話ばかりしていた。

今日は雪成くんに二回も会ったの。雪成くんがこんなことを言ったの。雪成くんはどっちの服が好きかしら？　この映画に誘ったら雪成くんはつきあってくれると思う？　雪成くん、顔色が悪いけど大丈夫かしら？　九十九くんからも無理をしすぎないように言ってあげて。

「くつろいで話をしている二人は親密に見えたのでしょう。周りからつきあってい
ると誤解されてしまいました。恋人がいる相手からのチョコレートを、彼は受け取っ
てくれませんでした」

――どうやら、私たちはつきあっていると思われているようですよ。

――あらそう？　みんな観察が甘いわね。いいわ、もし誰かに九十九くんのこと
を訊かれたら、『九十九くんに訊いてみて』って答えておくわ。

――なら私は『夏名子さんに訊いてみてください』と言っておきましょう。

お互い、すまし顔でそんなふうに語りあって。

雪成が噂を聞いたとしても、夏名子本人が否定すれば問題ないと軽く考えていた。

わたしが好きなのは、九十九くんじゃなくて雪成くんよ！　九十九くんには雪成

くんのことを相談していただけよ。

そんなドラマチックで熱烈な告白で万事解決し、雪成とハッピーエンドを迎えることができると。

だから雪成にこわばった顔で、よりによって九十九くんの彼女からのチョコレートは受け取れないと断固として拒否されたとき、愕然《がくぜん》とした。

わたしの考えが甘かった。

人の心は、そんなに単純で簡単なものではなかった。

自分の浅はかさが悔やまれて、それでも一生懸命に、九十九くんのことは誤解なのだと伝えようとして、信じてくれない雪成に焦れて、悔しくて、哀しくて、腹が立って、

――違うって言ってるでしょう！　どうしてわかってくれないのっ！


あろうことか雪成に向かってわめき散らして、みっともない姿をさらしてしまった。完全に八つ当たりだ。最低だ。

受け取ってもらえなかった大箱入りの高級チョコレートを、散らかりまくりの自

分の部屋で泣きじゃくりながらヤケ食いした。

語部の店を訪ねて協力を頼んだとき、せっかくの高級チョコレートを雪成くんに拒否されたのはあなたのせいでもあるんだから力になって、と図々しいことを言ったけど、本当は全部自分の落ち度だとわかっている。

あのあとすぐにフランス支社への転勤が決まり、もうおしまいだと思った。

「チョコレートに温度が大切なように、人と人の関係にも、心のありようにも、適切な温度があります。冷えすぎてもいけない、熱すぎてもいけない」

「彼女がクールな大人ぶって渡した一度目のチョコレートは冷えて固まりすぎで、好きという気持ちが暴走しすぎて空回りした二度目のチョコレートはとろけすぎでした。なので三度目のチョコレートはほど良い温度で召し上がっていただきたく、この席をもうけさせていただいた次第でございます」

艶やかに響く声で語られるすれ違いの物語に耳をすます雪成の白い顔から、いつしか戸惑いは消えていて、頬をうっすらと染め、メガネの薄いレンズの向こう側の瞳を、ぼーっとさせている。

夏名子の顔も上気していて、目も恥じらいにうるんでいた。

語部が微笑む。

「お二人とも心の温度はよろしいようですね。ちょうどケーキも仕上がったようです」

白いコックコートに身を包んだ糖花が、チョコレートケーキを運んできた。

ほのかな明かりがともる店内を、若く美しいシェフが女神のような神性をまとって、夏名子たちのテーブルへゆっくりと歩いてくる。

九十九くんが出会った、お月さま……。

夏名子たちがつきあっていると噂になったとき、私には夏名子さんのように想うかたはおりませんのでかまいませんと、少し淋しそうに微笑んでいた。

——私は、理想が高いのです。奥ゆかしく感受性が豊かで繊細で物静かな、弱い部分もある女性を全力で支えたいと願う気持ちもありますが……そんな儚《はかな》くも神秘的な女性にはこの先も出会うことはないでしょう。

九十九くんは理想が高いというより、理想が細かすぎるしピンポイントすぎるのよ、と夏名子は呆《あき》れて言ったのだった。

そして思った。

彼が夏名子のように恋に夢中になるのは難しそうだと……。

けれど――。

内気で繊細で、奥ゆかしくて神秘的で……まったく、九十九くんの理想そのままじゃない。

それに、とても優しい、美味しいお菓子を作る手を持っている。

――糖花さんのお菓子は、人の心をなごませ寄り添う力があります。私は糖花さんのお菓子を言葉で彩り、さらに輝かせるのです。ストーリーテラーとして生きがいを感じています。

夏名子が『月と私』を訪れた夜、いい感じに寂れたカフェバーで数年ぶりに話した彼は、以前よりも活力に満ち、甘い表情を浮かべるようになっていた。

生きがいだなんて大げさねと、あのときは笑ったけれど、彼にとっては魔法の手を持つ内気な彼女と一緒に、この店を育ててゆくことが本当に生きがいなのだと、今はわかる。

彼に、あれもこれもとすすめられて大量に購入したお菓子は、どれも心にしみわたるほど美味しかった。

バターの香りたっぷりの三日月のフィナンシェや、薄いパイ生地にざらざらしたお砂糖をまぶした満月のパルミエや、ぴりっとこしょうのきいたビスキュイを食べているあいだ、とても幸せな、満ち足りた気持ちになった。

こんな素敵なお菓子を作る糖花に、雪成に渡す三度目のバレンタインデーのチョコレートを作ってほしいと、心から思った。


これがわたしにとって、きっと最後のバレンタインデーだから……。


美しいシェフの白い耳たぶで、ピンクの三日月の形をした石が優しい光をまとっている。

ほっそりした白い手がしとやかな仕草で、テーブルの上にケーキの皿を並べる。

夏名子の前と、雪成の前に、ひとつずつ。

それは、半月のチョコレートケーキだった。

薄いチョコレートの板の上に、白玉のように丸く絞ったチョコレート色のクリームを並べ、その上にまたチョコレートの板を重ね、同じようにクリームを絞り板を重ね、二段にしてある。土台も全部チョコレートで、一番上に飾ってある雅《みやび》な三日月も、つやつやした黒いチョコレートだ。

丸みを帯びた部分を正面に向けて、二枚の皿を並べると、ふたつの半月が、ひとつの満月になる。


素敵……。


夏名子はため息をついた。

雪成も美しいチョコレートの月に見惚れている。

語部の声が魔法の呪文のように、艶やかに響く。

「半月のムース・オ・ショコラでございます。こちらはデセールでなければご提供できないほど繊細で軽やかな口溶けのチョコレートムースのあいだに、それは薄い

――羽衣のようなチョコレートを重ね、土台はレモンの風味を感じるねっとりしたテリーヌチョコレートを、カカオニブをトッピングしたパリパリのビターチョコレートでコーティングしております。上から下まですべてチョコレートづくしの、バレンタインデーだけの特別なお品でございます」

向かい合わせの半月を、ぼーっと見ている夏名子と雪成にそれぞれ視線を向けて、語部が甘く微笑む。

「心の温度と、チョコレートの温度、どちらも適温です。どうぞお召し上がりください」

二人はほとんど同時にフォークを手にとり、夏名子はまず一番上の薄いチョコレートにフォークをさした。

羽衣のように薄いチョコレートは、すんなりフォークを受け入れ崩れてゆく。球状に絞り出されたチョコレートムースと一緒に、そっと口にふくむと、舌の上で一瞬でとろけた。

脳が痺れるほど美味しい。

このムース、なんでこんなにやわらかなの？

空気を食べてるみたいに、ふわふわしてる。

チョコレートの味が口の中にぱーっと広がっていって、仕切りのチョコもあたたかい場所に置いておいたら、あっというまに溶けてしまいそうに薄くて儚くて本当に天女の羽衣みたいで――。

なのに土台のテリーヌは甘くてねっとりしていて、ああ、これはレモンの味だわ、たまにキュンと酸っぱいのがたまらない。

テリーヌを包むビターチョコも、カカオニブがカリカリ鳴って美味しい。

「香りは記憶を呼び覚まします……。薄いチョコレートの板を崩しながら、過去のほろ苦く甘酸っぱくも、とろりと甘い、そんな懐かしく愛おしい情景を追体験してみてください」

チョコレートづくしのケーキの深い味わいに酔いしれながら、語部の言葉に誘導され、雪成に感じていたやわらかで、あたたかな気持ちを、夏名子は繰り返し思い出していた。

街が白い雪で染め上げられたあの日、どうせ誰もいないと思って教室へ行ってみたら、雪成が窓際の席で、静かに文庫のページをめくっていたこと。
窓の外はまだ雪が降り止まず、教室の中はとても静かで。
雪成が顔を上げて夏名子を見て、ほんの少し目を見張るのを見て、胸がぎゅっとしたこと。

——こんな雪の日に授業に来るなんて、瀬戸くんぐらいよ。

——雪は雑音を吸い取ってくれるし、雪の中にいるとあたたかいから、ぼくは好きです。

広くてシンとした空間に、ひっそりと流れる雪成の小さな声が、その言葉が、とても大切に思えて、さらに胸が苦しくなったこと。

——でも、誰もいない部屋に一人でいるのはやっぱり淋しいものですね。だから先生が来てくれてよかったです。

雪がふわりと溶けるような、淡い、淡い、笑み。

雪成がはじめて夏名子に見せてくれた、素の笑み。

あのとき、世界に二人きりみたいに感じていたこと。

――なんの本を読んでいたの？

――『夏目漱石』の『こころ』です。

――ああ、教科書にも載ってたわね。受験対策？

――いいえ、好きなんです。子供のころ、漱石の本がたくさん、うちにあったから。さんざん読んだのに、今でも気に入っている作品は読み返したくなります。

――わたしも読んでみようかしら。瀬戸くんのおすすめは？

――小説ではなく随筆ですけど、『硝子戸《ガラスど》の中《うち》』とか。

そんなプライベートな会話ができたのも嬉しくて。

ああ……これもうガチ恋だな、と自覚してしまったこと。

あれから講義中に雪成とよく目があうようになって、そのたびにこっそりときめいていた。

心の中ではもう『雪成くん』と呼んでいたから、塾の帰り道でたまたま一緒になったとき、つい、

――雪成くんはさー、なんで医学部へ進もうと思ったの。

そう言ってしまったら、びっくりされて。だから年上のお姉さんぶって、さらりと続けてみたのだ。

――あ、雪成っていい名前だなって思ってたの。漢字に『雪』が入ってて雪成くんにぴったりよね。うん、決めた。二人のときは雪成くんって呼ぼう。

――えっとその……みんなの前では、呼ばないで……くださいね。神田先生は人気があるから。

恥ずかしそうにもじもじしながら名前で呼ぶのを許してくれて、胸が甘い気持ちでいっぱいになった。

——わたしのことも、神田先生じゃなくて夏名子先生って呼んでね。なんなら夏名子さんでもいいわよ。

——それはちょっと……。

——じゃあ、雪成くんが第一志望の大学に合格したら、お祝いに『夏名子先生』って呼んでくれる？

——どうして、ぼくが神田先生にお祝いをするんですか。

——そこはほら、お世話になった先生へのお礼で。約束よ！

雪成は言葉を濁して承知してくれなかったけれど、恥ずかしそうに視線をそらして言った。

――……神田先生の名前も、先生に、合ってると思います。先生は、夏の太陽みたいな人だから。

――ありがとう。でも、夏生まれの夏女のせいか、頭に血がのぼりやすいのが欠点なのよね。やらかしたあとどっぷり反省するんだけど、またカァァァッとなっちゃうの。

――ぼくは冷めていると言われることが多いので……熱量の高い人には憧れます。それと……ぼくが医者になろうと思ったのは、安定して働けて、社会に必要とされている職業だからです。

流れてしまった質問に答えを返してくれる律儀《りちぎ》さも、小さな声で丁寧に話すところも、全部好きで愛おしかった。

一度目のバレンタインでは賞味期限ギリギリのチョコレートを渡して、冗談ですよね、とかわされてしまったけれど、

——お世話になりました、夏名子先生。

最後に『夏名子先生』と呼んでくれて。

約束をはたしてくれて、嬉しかった。

儚くとろけるチョコレートの薄い板を割りながら——ふわふわと軽やかなチョコレートのムースに夢見心地になりながら——ねっとり舌にからみつくレモンの風味のチョコレートのテリーヌや、コーティングのパリパリのビターチョコや、カリカリのカカオニブに胸を熱くしながら——繰り返し、繰り返し、雪成との時間を思い出す。

病院で再会したときの、燃えるような喜び。

もうこれは運命だと思った。

雪成くん！　雪成くん！　と積極的に話しかけ、雪成と親しい語部からせっせと情報を収集し、

——雪成くん！　九十九くんが、いいお店を見つけたから、雪成くんも一緒にどうって！

そんなふうに語部をダシにして、よく三人で飲みに行った。

——夏名子先生は変わりませんね。

——もう塾の先生じゃないから、夏名子さんでいいのよ。

——いいえ、先生はずっとぼくの先生です。

——真面目《まじめ》すぎっ。そういえばこの前、また患者さんにお見合い写真押しつけられてたでしょう。ああいうのはその場できっぱり断らなきゃダメよ。ただでさえお医者さんは仲人好きのおじさんおばさんに、ロックオンされやすいんだから。

——……気をつけます。

もう二十六歳の大人なのに、しゅんとする様子がいたいけで可愛く見えた。

一方で、白衣を着て眼鏡をかけて冷静に仕事をこなしている様子にも、ドキドキした。

チョコレートの甘さ、苦さ、興奮、多幸感——様々な気持ちがいっきに押し寄せる。

ひとつのケーキで雪成を想い続けた歳月を旅するように、感情がめまぐるしく変化してゆく。

白いケーキ皿が空っぽになり、フォークを置いたとき、とてつもなく長い時間が経ったような気がした。

実際は、時計の針はそれほど進んでいなかった。

テーブルの横の窓から、澄んだ月の光が射し込んでいる……。

あたたかさと切なさの余韻を感じながら、夏名子がぼんやりしていると、語部がテーブルに飲み物が入ったカップをふたつ置いた。

チョコレートの香りがする湯気が、やわらかく鼻をくすぐる。さらりとしたミルクブラウンの液体に、小さな黄色い三日月が浮かんでいる。

「ギモーヴの三日月を浮かべたショコラショーでございます。ビターチョコレートにミルクを多めに注いで、チョコレートケーキをお召し上がりのあとでも重くならずに飲みやすく仕上げております」

語部が雪成のカップの隣に、レモンイエローの丸いカードをそっと置く。

そこには縦書きの白い文字が印字されている。

ただひとことだけ。


『月が綺麗ですね』


夏目漱石を愛読していた雪成なら、その言葉の意味もすぐにわかっただろう。

眼鏡のレンズの向こう側の目を細めて、ひどく切なそうな顔をした。

だから、夏名子ももう、雪成の気持ちがわかってしまった。

視線を雪成からそっとはずして、甘い湯気が立ち上るショコラショーを、黙って飲む。

あたたかなミルクで溶かしたビターチョコは、カカオの風味を感じるほのかな甘さで、さらさらしている。

熱すぎず、ぬるすぎず、ちょうど良い……淋しい心を癒してくれるような優しい温度だ。

雪成も黙ってショコラショーを飲んでいる。

ゆっくり、時間をかけて。

これが最後だから……。

できることなら、このほのかに明るい、あたたかな場所で、雪成とずっと向かいあって甘い香りのショコラショーを飲んでいたかった。

だから、ゆっくり、ゆっくり。

少しでも、この時間が続くように。

雪成もときどき手を休めながら、ゆっくり味わうようにショコラショーを飲んでいる。

それでも、夏名子は最後の一滴まで飲み終えてしまった。

カップの底に、少し小さくなった黄色い三日月のギモーヴだけが淋しそうに残っている。

スプーンですくって口へ入れると、甘酸っぱい味がした。

雪成のカップも空になったようで、白い手でカップを持ったまま目を伏せ、まだカップを見ている。

「……」

眼鏡のブリッジが少し下がっている。

「雪成くん」

夏名子が愛おしそうに呼びかけると、雪成はカップをテーブルに置き、ゆっくり顔を上げた。

眼鏡のレンズ越しに夏名子を見つめる瞳は、哀しそうだった。

夏名子は、静かに微笑んだ。

そうして三度目の――最後の、告白をした。

「雪成くんのことがずっと好きでした。雪成くんは、わたしにとって手の届かない綺麗な月のような人でした。わたしとおつきあいしてください」

雪成がますます儚げな哀しそうな表情になって、また目を伏せ、うつむいた。

「すみません」

眼鏡のフレームに手をあて、ひっそりとした声で答える。

「夏名子先生のことは、どうしても先生としか思えません。だけど先生の気持ちは嬉しかったです。チョコレートケーキを食べながら、雪の日に教室に一人きりで淋しい気持ちでいたときに……先生が来てくれたことを思い出していました。あのときみたいに、心がとけてゆくような、あたたかな気持ちになりました」

喉《のど》に熱いものが込み上げて、夏名子は嬉しさで泣き出しそうになった。

わたしだけじゃなかった。

雪成くんも、あの日、わたしが来て嬉しかったんだ。

そのことを覚えていてくれた。

それだけでもうじゅうぶんで。嬉しくて嬉しくて、体がはじけそうで。

目をうるませ、今度は心からの笑顔で夏名子は言った。

「ありがとう。雪成くんに気持ちを伝えられて、はっきり断ってもらえてよかった。四月からフランスへ行くの。支社に戻るんじゃなくて、向こうで知り合った人の会社に誘われたの。そのままあちらへ移住するつもりよ。きっと雪成くんと会うことはもうないわ。だからその前に、十二年越しの片想いにケリをつけたかったの」

泣いたら雪成の顔が見えなくなってしまうから、目のふちに力を入れて涙がこぼれないようにして、笑っていた。

十二年間、わたしはいつも雪成くんのことが好きだったわ。

離れているあいだも、ずっとずっと好きだったわ。

雪成はやっぱり哀しそうな顔をしていて――夏名子に向かってゆっくり頭を下げた。

「……十二年もぼくのことを想っていてくれて、ありがとうございました」

◇　◇　◇

雪成がズレた眼鏡をきちんとかけなおして、店から去ったあと。

眉をしゅんと下げた糖花と、どこかほろ苦い表情を浮かべている語部に向かって、夏名子は明るく言った。

「ごめんなさい。最初から結果はわかっていたの。三度目のバレンタインは、わたしが正しく失恋して、雪成くんを想い続ける運命を終わらせるために必要だったのよ。九十九くんと糖花さんのおかげで十二年来の恋心は伝わったわ。ケーキも……本当に美味しかった」

その味を思い出しているように夏名子が目を閉じ、うっとりした表情を浮かべ、顔をほんの少し上に向ける。

たまっていた涙がほろりと頬を伝い落ちていったけれど、夏名子は幸せそうに微笑んだままだった。

そうして、目をぱちりと開けて、晴れ晴れとした顔で言った。

「だから、満足よ」


帰宅する夏名子を、二人はわざわざ店の外まで見送ってくれた。

外は月が出ていて明るかったが、空気はまだ冬の寒さで、冷たい。ワンピースの上にコートを着て、しっかりボタンを留めた夏名子は歩き出そうとして急に立ち止まり、語部を見て言った。

「わたしは見事に失恋したけれど。九十九くんは……あのとき、わたしに打ち明けてくれた気持ちを大切にしてね。手放したらダメよ」

内気な美しいシェフは、あのときとは、どのときだろう？　と悩んでいるような顔をしている。

その隣で、語部が目を細め微笑んだ。

「……はい。胸にしっかりと刻んでおきましょう」

彼がそんなふうに笑ってみせたので、夏名子はまた甘く幸せな気持ちになって、空を見上げてうっとりとつぶやいた。

「月が本当に綺麗ね……」

夕飯のあと、爽馬の母ふみよが仕事先から持ち帰ったフォンダンショコラを出してきた。

ふみよは爽馬のクラスメイトの三田村麦の姉がシェフを務める洋菓子店『月と私』で去年の秋からパート勤務をしている。

ずっと専業主婦で、掃除、洗濯、食事の用意や、その他もろもろの細かい家事を完璧にこなし、爽馬は麦から『ふみよさんはスーパー主婦だから。牧原くん、お母さんに感謝しないとダメだよ』と言われている。

『月と私』で働きはじめてからは、爽馬と大学生の姉の花鳥《かとり》とサラリーマンの父親とで、掃除やゴミ出しを分担している。姉はたまに食事の支度を手伝うこともある。

みかんの皮くらいしかむいたことのなかった爽馬と父も、炊飯ジャーでごはんを炊いたり、鍋で袋入りのラーメンを作ってもやしやほうれん草や卵を投入したり、ナイフで林檎の皮をむくことを覚えた。

パートをはじめてからふみよは以前よりも若々しくなり、笑顔が増えた。それに、お店のケーキやお菓子をよく買ってきてくれる。

これは食いしん坊の爽馬には、非常に嬉しいことだった。

しかも三田村さんのお姉さんのお菓子は抜群に美味しい！

母も父も姉も、もちろん爽馬も『月と私』の大ファンだ。

なので、バレンタインデーにふみよがどんなチョコレートをお持ち帰りしてくれるのか、全員期待満々だったのだ。

白い箱の中に四つ並んだ筒状のチョコレート色のケーキは、真ん中がちょっとくぼんでいて、一見シンプルだった。

姉が、

「あ、フォンダンショコラだ！」

と目を輝かせる。

「やったぁ、これ大好き！」

フォンダンショコラ？　うん、うまそうな名前だ。絶対、うまい。

「ふふ、ちょっとだけ温めていただくのが美味しいのよ。中からチョコレートがとろ～っとあふれ出てきてねぇ」

母がにこにこして言う。

ガラスの耐熱皿の上に筒状のフォンダンショコラを移し、レンジで温める。

「語部さんのおすすめはレンジで十五秒、オーブントースターで一分よ」

「え、レンジのあと、オーブントースターでも温めるの？」

花鳥の質問に、ふみよがレンジをのぞきながら答える。

「ええ、そうすると外側がさくっとして、中がとろっとして、一番美味しい状態でいただけるんですって」

そろそろね、とふみよがレンジを開ける。

湯気を立てたフォンダンショコラは、すでにふるふるしていて、めちゃくちゃ美味しそうだ。

ふみよが、今度はアルミホイルにフォンダンショコラを移しながら、

「花鳥、アイスクリームを準備しておいて」

と言う。

「おっけー！　熱々のフォンダンショコラに冷たいアイス！　最高でしょ！」

花鳥がうきうきと冷蔵庫を開け、大容量のバニラアイスを出してくる。

「爽馬はお皿とスプーンを並べて。耐熱ガラスの、ふちが少し深いやつがいいわ。お父さんはカップをお願いね」

爽馬と父もケーキの皿や、お茶のカップをばたばたと用意する。

「これも語部さんがバレンタインフェアのあいだ、よく言っていたことだけど、チョコレートは温度が大切なんですって。冷たすぎると固まってしまうし、熱すぎると

とろけてしまう……」

ふみよがオーブントースターのタイマーをセットして、歌うように言葉を続ける。

「フォンダンショコラは温めすぎるとチョコレートが凝縮してぼそぼそになってしまうから、本当にちょっとだけ、ほんのちょっとだけ、温めてあげるのが肝心なのですって」

オーブントースターがチン！　と鳴る。

「それと、これはわたしから。最善の状態に温まったフォンダンショコラをすぐにいただけるように、万全の態勢を整えておくこと」

リビングのテーブルにティーセットが並び、ポットにはすでに茶葉とお湯が入れられている。耐熱ガラスのケーキ皿には、銀色のスプーンが添えられ、バニラのアイスクリームが盛りつけられ、木苺のジャムまで用意されている。

あとはフォンダンショコラをオーブントースターから出して、皿に移すだけだ。

その様子を見て、ふみよはにっこりして、

「準備万端ね」

と言って、熱々のフォンダンショコラを皿にのせていった。

それを爽馬たちがリビングへ運ぶ。

最後にふみよがテーブルにつき、また、ふふっ、といたずらっぽく笑って、隣の席にいる爽馬たちの父のティーカップの横に、丸いレモンイエローのカードを一枚置いた。

表面に白い文字で、

『月が綺麗ですね』

と縦書きで印刷されている。


え……。


爽馬は、ほけっとしてしまった。

このカードって……。

「なにこれ、なんでお父さんだけ？」

花鳥がカードをのぞきこむ。

父も困惑しているようだ。

ふみよが少女のような表情のまま言う。

「これはねー、夏目漱石が『I love you』を『月が綺麗ですね』って訳したっていう俗説から生まれた、奥ゆかしい愛の告白なんですって」

「！」

爽馬は仰天した。

愛の告白？

I love you？

「わー、お父さん、お母さんに愛の告白されちゃったんだ」

「いや、まいったな、はは」

「うふふ、今日はバレンタインデーですからね」

照れる父を姉がからかい、母はにこにこと上機嫌で、

「ほら、フォンダンショコラがとろとろのうちにいただきましょう。アイスクリームもとけてしまうわよ」

そううながすと、父はいそいそと、姉はうきうきと、母はやっぱりにこにこと、フォンダンショコラにスプーンを入れた。

オーブントースターで温めて外側をさくっとさせたチョコレートの生地から、とろとろのチョコレートが流れ出す。

「これこれ！　フォンダンショコラのこの、とろっとろがたまらないの！　う――ん、さすが月わたさん、いい仕事してる！　チョコレートが濃くて、なめらかで、

香りもフルーティーで完璧～」

「いや～、これはうまいな。焼き加減が最高だな。いや～、うまい、うまい。母さんの選んだケーキに間違いはないな」

「お父さん、それってノロケ？」

「はは、そうかもな」

「あらあら、わたしもお父さんに愛の告白をされちゃったかしら」

三人とも和気あいあいだ。

美味しい、うまい、最高、木苺のジャムもイケる、などと言いあいながら、バレンタインデーのケーキを楽しんでいる。

そんな中、爽馬は考えに沈んでいた。

スプーンを握る手は無意識に動いて、フォンダンショコラを口へ運んでいたし、とろとろでウマいという認識もあるのだけれど、それ以上に父のカップの横にあるレモンイエローの丸いカードに、視線も気持ちも吸い寄せられてしまう。

今日、学校で三田村さんにもらったチョコレートの袋にも、同じカードが入っていた。

それと、令二に吉川さんからだって渡されたチョコレートにも……。

水色の丸い小箱に、端がほんの少し黄色い、細長い三日月のチョコレートが綺麗に並んでいて。

それも三田村さんと吉川さんで、かぶっていて。

三田村さんのお姉さんのお店のチョコレートみたいだったから、かぶっても不思議じゃないいんだけど。

このへんじゃ三田村さんのお姉さんのお店のお菓子が、ダントツで美味しいし。

満月の形をしたレモンイエローのカードも、そこに白い文字で縦書きに印刷された『月が綺麗ですね』という言葉も、きっとお店の名前が『月と私』だからだと思っていたのに……。

おれがそう言ったとき、三田村さんは否定しなかったから。

けど、あのとき三田村さんはいつもと違っていたのだ。

風がひんやりしてきた夕暮れの裏庭で、大人っぽい小さな笑みを浮かべて、少し低めのおだやかな声で、言ったのだ。

——ゆっくり食べてね。


「どうしたの、爽馬、黙っちゃって」

「う、うん……」

「月わたさんのフォンダンショコラが美味しすぎて感動しちゃった？」

「あ、うん。ウマかった……」

いつのまにか爽馬の皿は空っぽになっていた。

せっかくのバレンタインデーのケーキなのに、味がよく思い出せない。

うまかったのは確かなんだけど……。

それよりも爽馬の頭の中には、大人びた笑みを浮かべる麦と、二枚のレモンイエローの満月のカードと、そこに白い文字で印字された言葉と、三日月の細長いチョコレートが入った、まったく同じふたつの丸い小箱が、浮かんでは消え、また浮かんでいた。

◇　◇　◇

わたしのケーキは夏名子さんに寄り添えていたのかしら……。

瀬戸先生に夏名子さんの気持ちを、ちゃんと伝えられていたのかしら……。

夏名子を見送ったあと。

語部は今日中に片付けなければならない仕事があると言って、隣のマンションにある事務所へ行った。

糖花はコックコートのまま厨房の丸い椅子《いす》に座り、満月の大箱から一人ボンボンをつまみ、物思いにふけっていた。

舌の上でボンボンが、儚く、切なく、とろけてゆく……。

「夏名子さんの恋を……叶えてあげたかった……」

言葉にしてつぶやいたら、ますます胸がひりひりして、淋しい気持ちになってしまった。

そのとき、語部の声がした。

「まだ残ってらしたんですね」

黒い燕尾服の襟《えり》のボタンを外して前髪をおろした語部が、厨房に入ってきた。

「明かりがついていたので……。バレンタインデーのフェアは終了しましたが、明日の十五日も遅れてチョコレートを買いにくるお客さまがいらっしゃいます。ホワイトデーの準備もしなければならないので、まだ当分は忙しい日が続くでしょう。

休めるときに休んでおいてください」

「すみません……。夏名子さんのことを……考えてしまって。わたしの力が足りなかったのではないかと……」

糖花がうつむくと、語部も丸椅子に座って言った。

「あの結末は夏名子さんも予想され、覚悟されていたことです。彼女は強く逞《たくま》しい女性です……。だから自分の運命を自分で選びとったのでしょう」

語部の声にも哀しみがあるように感じて、糖花はまた苦しくなった。

彼に訊きたいことがたくさんあったはずなのに、今はなにも思い浮かばない。

月のボンボンの中で、ひっそりと艶めく赤いハートの形をしたボンボンをそっとつまみ、つぶやいた。

「……夏名子さんは……語部さんの元カノさんではなかったのですね。でも恋人と誤解されるほど仲が良かったのですね……」

わたしはこんなときに、なにを言ってるのかしら。

言葉が口から勝手にこぼれてきたのは、きっとずっと二人の関係を気にしていたから。

「そうですね、恋人ではありませんでしたし、私と夏名子さんのあいだに恋が生まれたわけでもありません。私たちは気のあう共犯者でした」

共犯、者……？

語部の表情はおだやかだが、やはりどこか哀しげに見える。まぶしいものを見るように目を細めて言った。

「もし必要に迫られてパートナーを選ばなければならないなら、彼女のような女性がよいと思っておりましたし、恋ではありませんが私は彼女がとても好きで、憧れていました」

その言葉に糖花は胸がズキッとした。

やっぱり語部さんは……。

「なので、夏名子さんの願いを叶えてあげたかったんです」

語部さんが切ない顔をしているのは、願いを叶えた結果、夏名子さんが恋を失ったから？

夏名子さんがこの結末を予期していたように、語部さんもこうなることを知ってたんじゃないかしら……。

「仕方がありません」

語部はため息をついた。

「どれだけ月に願っても、叶う願いもあれば、叶わない願いもあります。それでもこの地球のすべての人たちに月は静かに寄り添っています。シェフが祈りを込めたチョコレートケーキが夏名子さんと雪成くんの心に寄り添い、やわらかくとかしたように」

語部が糖花を見つめて微笑む。

最初は少し切なそうに、それから優しく、途中から急にいたずらっぽい光が黒い瞳に浮かんだ。

「そう、私も月の魔法をひとつ、仕込んでおきました」

「え」

糖花がつまんだ赤いハートのボンボンが、指のあいだでゆっくりととろけてゆく。

「私にもボンボンをいただけますか」

「あ、はい」

箱を差し出そうとしたとき、語部が糖花の手をそっとつかみ引き寄せた。目を伏せるとそのまま顔を少し下へ向け、糖花の指のあいだにあるボンボンを口にふくんだ。

「！」

あたたかな唇が、糖花の指先にふれる。

まるで口づけをするように、そっと――。

糖花はあんまり驚いて、声も出せないし身動きもできない。

フランボワーズのキャラメルがとろりと流れ出すハートのボンボンが、語部の口の中に消える。

糖花の手を優しく引き寄せたまま、舌でゆっくりとボンボンをとろかし、すみずみまで堪能するように目を閉じている。

「やはりチョコレートは温度が大切ですね。心までとろけそうな味わいです」

手をはなし、ゆっくりと顔を上げた語部の目も、口もとも、やわらかにとろけてゆく。

その甘さに糖花の手も顔も頭も熱くなり、とろとろにとけてしまいそうだった。

ティーブレイク

なめらかでまろやかで、すっきり甘い、幸福な朝のためのチョコレートスプレッド

Tea Break

バレンタインから五日目、岡野七子《ななこ》の朝はたいへん充実している。

それは近所にあるお気に入りのお店『月と私』のバレンタインフェアで購入したチョコレートスプレッドのおかげである。

パンに塗ってよし、シリアルに投入してよし、温めたミルクに混ぜてよし、なんならそのままスプーンですくって食べても、じたばたするほど美味しい。

丸い瓶に入ったチョコレートクリームの真ん中に、三日月の形をしたレモンカードの層があるのも素晴らしい。

七子の同棲《どうせい》中の彼氏、旭《あさひ》もお気に入りで、毎朝二人でラグを敷いたフローリングに座り、折り畳みの小さなテーブルを挟んで、

「おいし～」

「うっま～」

「幸せ～」

「やばすぎ～」

と言いあいながら食べている。

旭と同棲をはじめたのは、去年の夏のことだ。

フリーのグラフィックデザイナーをしている旭は、仕事がつまってくると途端に音信不通になる。このときもしばらく疎遠で、ああ、これはもう自然消滅だな、あたし愛されてないなぁ……と、半ばあきらめの心境だった。

それが『月と私』のウイークエンドをきっかけに、また仲が深まった。

内気で綺麗なシェフは、素材にレモンをよく利用する。そんな『月と私』のスペシャリテが、しっとりと焼き上げたバターケーキに甘酸っぱいレモンの砂糖衣《さとうごろも》をかけた満月のウイークエンドで。

――このウイークエンドには週末に大切な人と分け合って召し上がっていただくケーキ、という意味もこめられているのですよ。

執事の衣服に身を包んだストーリーテラーの語部が、あの日、七子にそう教えてくれた。

ホールで購入して一人暮らしのアパートの部屋で食べたウイークエンドは、甘酸っぱいレモンの砂糖衣がしゃりしゃりと儚い音を立てて、しっとりした生地はバターの風味たっぷりで、それは美味しくて。

心がふっとほどけて、ずっと疎遠だった旭にスマホで電話をしたのだ。

——今ね、ケーキを食べてたの。

ウイークエンドという名前で、とても美味しいのだと話したら、旭がおれも食べたいと言って、それならおいでよ、と、ものすごく自然に簡単に誘うことができたのだ。

——すぐ行く！　おれ、今週ずっとナコのこと考えてて、めっちゃ会いたかったんだ。

旭はくしゃくしゃのシャツと伸びすぎてぴょこぴょこはねた髪に不精髭《ぶしょうひげ》を生やしたまま、本当にすぐにやってきて、二人で仲良くウイークエンドを食べたのだ。

そのあとも七子が「月わたさんでケーキを買ったんだけど来る？」と連絡すると、すっ飛んできた。

仕事が忙しいときはノートパソコンや資料を抱えて、

——ケーキ食べにきたぞ！

と七子のアパートを笑顔で訪れ、一緒に『月と私』のケーキを食べて、そのまま泊まり込みで仕事をするということが続いた。

——おれ、ここに引っ越してこようかな。また仕事がつまって長いあいだナコと会えないとヤダし。

——あたしがいたら仕事の邪魔じゃない？

——いや、ナコんちで仕事すると、逆にはかどるんだわ。リラックスして頭がクリアになるっていうか。ナコの姿が見えると、こう安心して、よし、さっさと終わらせてナコとメシを食うぞって気持ちになって頑張れる。ナコは、おれがこの部屋で仕事してたら落ち着かないか？

——ううん、気にならないみたい。ああ旭がいるなってなごむ感じ。それに仕事から帰ってきて旭がごはん作ってくれてたりすると嬉しいし、『おかえり』って言ってくれると、ちょっと感動する。

——よし！　じゃあ、おれ、引っ越してくる！　仕事がつまると自分のことはかまわなくなるけど、家中ぴかぴかにしたくなるクセがあって掃除グッズはばっちりそろってるから、トイレと風呂場の掃除は任せろ。料理も嫌いじゃないから、夕飯だけじゃなく朝メシも弁当も作ってやる。あ、でも徹夜して起きられないときは勘弁な。

さっそく明日から自分の荷物を運んでくると言う旭に慌てて、

——え？　急すぎない？　それにここワンルームだし、ずっと二人で住むには狭いよ。

と言ったら、

——なら広めのイイ部屋があったら、そっちに引っ越せばいいじゃん。とりあえずここで一緒に暮らそう。

熱心に言われ、旭の勢いに押されるまま同棲をスタートさせたのだ。

新しい部屋はまだ探し中だけど、ワンルームでの二人暮らしも思ったほど窮屈《きゅうくつ》ではない。旭は気分転換に外のカフェでも仕事をしているから、ずっと部屋にこもりきりというわけでもないし。自分で宣言したとおり、お風呂とトイレの掃除をこまめにしてくれるし、自分が昼に食べる分と七子の分と、毎朝ふたつお弁当を作ってくれる。

仕事も、最近大きな契約を結んで順調らしい。

――ナコと暮らして、運が向いてきたよ。

そんなふうに言われると七子も嬉しい。

あたしも正社員目指して就活頑張ってみようかなと言ったら、おっ、いいじゃん、仕事探しているあいだ無収入になったら、新しい仕事が決まるまでおれが養ってやるよ、と頼もしいことを言ってくれた。

なので七子は、新卒時に就活がうまくいかず、腰掛けのつもりだったのに十年も続けてしまったパートの仕事をやめて、短時間のバイトをしながらまた就職活動をしている。

あたしも、旭と住みはじめてから気持ちが明るくなって、前向きになったな、と七子は思う。

それに最近は『月と私』のチョコレートスプレッドが朝食に加わって、こんな充実した朝を過ごしているし。

こんがりきつね色に焼けたトーストに、スプーンですくったチョコレートスプレッドを落とすと、トーストとふれあっている部分からゆるやかにとけて、チョコレートがじゅわっとしみてゆく。

やわらかくなったチョコレートスプレッドをスプーンの背で軽く延ばして、耳がついたままのトーストに齧《かじ》りつくと、サクサクしたトーストの食感にチョコレートスプレッドを吸ってじゅんわりした食感が加わり、同時にまろやかで甘いチョコレートの味と香りが口いっぱいに広がる。

さくっ、じゅわ。

この繰り返しがたまらないし、チョコレートの甘さにも体の内側がすみずみまで満たされるような幸せを感じる。黄色いレモンカードをちょっぴり落として、甘酸っぱさにキュンとするのも楽しい。

東向きの部屋の窓から朝の光が爽やかに射し込んでいて、折り畳みの簡易テーブルの向かい側では、同棲中の彼氏が同じチョコレートスプレッドを塗ったトーストを食べて、美味しさに頬をゆるめている。

「美味しいね」

「最高だな」

　と言いあいながら、にっこり笑う。

「ナコ、このチョコレートスプレッド、マジで大正解。ナコが買ってきてくれたチョコレートケーキもスペシャル感があって、めちゃくちゃ美味しかったけど、こっちは日常用っていうか長く楽しめるのがいいよな～」

「そうだね～」

「なんてことのないパンに、このスプレッドを塗ってナコと食べてると、なんかほっとするっていうか、嬉しくなるっていうか、ずっとこんな朝が続いたらいいなぁって」

「うんうん、そうだね～」

「結婚しよっか」

　食べかけのチョコレートスプレッドを塗ったトーストを手にしたまま、旭の口からさらりとこぼれたプロポーズの言葉に、やっぱりチョコレートスプレッドを塗ったトーストを持ったまま、七子もゆったりと返す。

「そうだね、しちゃおっか」

それから七子がバイトに出勤するまで、チョコレートスプレッドのしみた特別なトーストを食べながら、婚姻届を出すのはホワイトデーにしようとか、その日『月と私』に記念のケーキを作ってもらえないか頼んでみよう、と話したりした。

七子と旭を結びつけてくれたのは、あの住宅地の片隅にある水色の屋根の小さな洋菓子店の、お菓子たちに間違いないから。

第五話

青春の喜びと恋の芽生えがしめやかに香る、ふわふわギモーヴ

Episode 5

滅多にないことだが、爽馬は悩んでいた。

三日後に迫ったホワイトデーのお返しを、どうしたらよいのか。

幼稚園のころから、バレンタインデーには女の子からチョコレートをもらっていた。

爽馬が特別モテたわけではない。

まぁバレンタインだし、クラスメイトや部活仲間にチョコレートを渡したりするよな。義理チョコ、友チョコってやつだよな。普通だよなぁ、うん。

そんなふうに軽く考えていた。

実際、女の子に人気のクラスメイトの男子などは、顔を真っ赤に染めた女の子や、真剣な眼差しをした女の子から、

——わ、わたしの気持ちです。受け取ってください。

——先輩のことがずっと好きでした。これチョコレートです。先輩に食べてほし

くて一生懸命手作りしました。

などといった告白を受けていた。

爽馬はバレンタインデーにそんなふうにチョコレートを渡されたことは一度もない。

――牧原くん！　これチョコレート。お返しよろっ！

――あ、先輩！　今、先輩がたにチョコレートを配ってるんです。牧原先輩もどうぞ。

とか、そんなものだ。

下駄箱やロッカーや教室の爽馬の机の中に、漫画雑誌二冊分くらいのサイズの箱に入ったものすごく高そうなチョコレートや、手作りっぽいチョコレートケーキや、リボンやレースで派手派手にラッピングされ、さらに本物の赤い薔薇の花が二輪添えられたチョコレートが入っていたことはある。

どれも無記名で、心当たりがまったくなかった爽馬は、「あれ？　間違っておれのところに入れちゃったのかな?」と思ったものだ。

なので、大きくて高そうなチョコレートと、薔薇を二輪添えたフリフリラッピングのチョコレートは校内の落とし物箱へ入れておいた。

どちらも目立つから、きっと贈り主も気づくだろう。

あ、でも、もともとチョコレートをあげるはずだった相手が、落とし物箱にチョコレートを置いたと思うかも。そしたらショックだよな。

そう思って『まちがって入ってました』と、ノートにマジックで大きく書き、それを破って、ぺたりと貼りつけておいた。

手作りっぽいチョコレートケーキはロッカーの中でどろどろに溶けていて、かすかに異臭もただよっていたため、落とし物箱にも入れられず、

——ごめん!


と手をあわせて、帰宅途中にコンビニのゴミ箱に入れた。

自宅のゴミ箱だと母親に見つかって、これはどうしたのかと訊かれるだろうし、食べ物を粗末にしてはいけませんと叱られると思ったのだ。

だけどあとになって、やっぱりあれはコンビニの人に迷惑だった、一生懸命にケー

キを作った相手にも申し訳ないことをしたと心が痛み、コンビニの店員さんに、

――バレンタインの日にゴミ箱にチョコレートケーキを捨てたのはおれですっ。すみませんでした！

と謝罪したら、年配の店長さんは、

――ああ、あれはきみだったのか。いやぁ、モテすぎるのも大変だね。

と許してくれた。

チョコレートケーキは送り先を間違えて爽馬のロッカーに入れられていたもので、爽馬がモテたわけではないのだが、とりあえずホッとした。

中学時代のそんな話を、先日のバレンタインデーの前に、クラスメイトで友人の令二にしたら、おまえ、それはストーカーだ、と引かれた。本当に爽馬はストーカーほいほいだな、と。

「そんなはずないだろ、あはは」

屈託なく笑う爽馬を、令二はジト目で見ながら、おまえはその性格で得してるの

か損してるのかわからないなぁ、とも言った。

「てか、チョコレートと一緒に赤い薔薇が二輪入ってたって、おまえ、花言葉を知ってるか?」

「え、いいや」

高校生の男子が、花言葉に通じているほうが珍しいのではないか。もっとも令二は爽馬と違って文系で、顔立ちもアイドル系で女子にとにかくモテるので、花言葉を知る機会も多いのかもしれない。

令二は不気味そうに、二輪の赤い薔薇の花言葉を教えてくれた。

「赤い薔薇は『愛しています』で、二輪の薔薇は『世界にあなたと私だけ』だ」

「へぇー、そんなに熱烈に想ってたのに、下駄箱を間違えるなんて気の毒だなぁ」

「それだけかよ」

令二はあきれているようだった。

けど、本当に気の毒だし、おっちょこちょいだ。落とし物箱に入れておいたフリフリラッピングのチョコレートの二輪の薔薇が、正しい相手に届いていればいいのだが……。

それにしても、『世界にあなたと私だけ』なんてすごいなー。『愛しています』も、漫画の中でしか見たことのない言葉だ。

まぁ、おれには一生縁のない台詞《せりふ》だよなと、のんきに思っていたのだ。

今年のバレンタインは、母さんが三田村さんのお姉さんのお店でパートしてるから、きっとめちゃくちゃ美味しいチョコレートが食べられるはずだ。楽しみだなー。

三田村さんも、お姉さんのお店のチョコレートを持ってきてくれるかも。うん、最近三田村さんと仲良いし、令二と吉川さんと三田村さんとおれの四人で大晦日《おおみそか》に神社にお参りも行ったし、きっと三田村さんはチョコレートをくれる。

主にチョコレートのことを考えて、わくわくしていた。

チョコレートのことしか考えていなかったというべきか。


まさか、三田村さんと吉川さんにもらったチョコレートと一緒に入っていたカードに『あなたを愛しています』なんて意味があるなんて。


母ふみよの口から、たまたま知ってしまい、楽しみにしていたチョコレートケーキの味もよくわからなかった。

あのあと自分の部屋で一人になって、学習机の上に並べたふたつの丸い水色の小箱と、その前に置いたレモンイエローの満月のカードと、そこに縦書きの白い文字で記された言葉を、ずっと見下ろしていたのだった。

二人がおれのことを『愛している』だなんて。

ああ、どうすりゃいいんだ。

三田村さんも吉川さんも、今まで一度もそんな態度を見せたことがないじゃないか。

もしかしたら満月のカードは、お店でおまけでもらったものを、そのまま入れっぱなしにしただけかもしれない。

そうだ、小学生のときに『I love you』とホワイトチョコで書かれた市販のハートチョコレートをクラスの女の子からもらったことがあるし。

その子は五人くらいにそのチョコレートを配っていた。

三田村さんと吉川さんのカードにも、深い意味はないのかも。

普段の爽馬なら、けろっとそうした結論に至り、ぐーぐー眠ってしまっただろう。

翌日にはすっきりしていたに違いない。

だけどこの日は、目が冴えて全然眠くならなかった。

きっと、三田村さんがチョコレートを渡してくれたとき、今まで見たことのない顔をしていたからだ。

――ゆっくり食べてね。

あの大人っぽい微笑みと声を、何度も思い出してしまう。

それに、令二のムッとした顔とぶっきらぼうな声も。

――それ、ぼくじゃなくて、吉川からだから。

『月と私』の店名が入った小さな水色の手提げの紙袋を、爽馬のほうへ突き出してそう言った。

令二は女の子に対して表向きは親切だけど、吉川さんに対しては『ああ、あのいかにも陰キャなやつ』と、かなり辛辣《しんらつ》で、吉川さん本人にも冷淡に接していた。

令二がそういう態度をとる相手は限られていて、幼なじみの三田村さんや、友人の爽馬にも、言いたいことを言う。

なので吉川さんのことを信頼してるんだなと爽馬が言ったら、ものすごく嫌そうな顔で、違う、気を遣う必要のない、ぼっち女だと思ってるんだ、と言い返されたけど。

やっぱり令二は吉川さんのことを、令二なりに気にしているように思う。

あの令二が、吉川さんのチョコレートを、わざわざ爽馬に届けに来たこと自体驚きだ。

そして、吉川さんから直接渡されず、むっつりした顔の令二から渡されて、そのチョコレートにも三田村さんと同じ満月のカードが添えてあったことで、カードに記された言葉が、ますます二人の真剣な気持ちだと思えてしまうのだった。

水色の丸い小箱には、細長い三日月のチョコレートが入っていて、仕切りの薄紙をとって、下のチョコレートがかかっていない黄色い部分をつまんで一本だけとり出し、チョコレートがかかっている先端を少しだけ齧ってみた。

すると、チョコレートがパリッ……と割れて、甘いミルクチョコレートの味がして、そのあと胸がキュッとするような甘酸っぱいレモンの味と香りが広がった。

ミルクチョコレートの中に弾力のある食感のレモンの皮があって、もぐもぐと嚙みしめると、また甘酸っぱい味がした。

いつもなら口にぽいぽい放り込んで、あっというまに食べてしまうのに、一本の細長いチョコレートを、時間をかけてちみちみと食べる。

甘くて、酸っぱくて、繊細で、やわらかな弾力があって……。

たった一本で、胸がいっぱいになってしまった。

胸焼けするような量じゃないし、そんなに重たいチョコレートでもなく、むしろ食べやすくて、とっても美味しいチョコレートなのに。

——ゆっくり食べてね。


また思い出してしまった。

この夜は一本しか食べられず、ベッドに入ってからもなかなか寝つけなかった。

翌日も、やっぱり一本だけ食べて。

次の日も一本。

その次の日も一本と、毎日、毎日、甘くて酸っぱい三日月のチョコレートをふたつの箱から交互に一本ずつ食べていって、そのたびあの日の三田村さんの声と表情を思い出して、三田村さんと吉川さんのことを考えた。

学校で三田村さんは、いつもどおり明るく挨拶してくれたし、話しかけてくれた。

チョコレートのことにも、満月のカードのことにも、まったくふれず、いつもの明るく元気で、気持ちのいい三田村さんだった。

令二はちょっと不機嫌そうで、吉川さんは爽馬たちの前に姿を見せなくなった。

三日月のチョコレートは一箱に十本ずつ入っていて、バレンタインデーから二十日目にふたつの箱が空になった。

母のふみよから、ホワイトデーのお返しはいくつ必要かと訊かれて、三田村さんと吉川さんの分は入れずに答えた。

今までずっとホワイトデーのお菓子は、ふみよが用意したクッキーやマドレーヌを渡していた。

ふみよが選んだお菓子は評判がよく、お返しをした女の子たちは喜んでいたし、母さんに任せたほうが確実だよな、と思っていた。

けど、あの二人へのお返しは、自分で選ばなければならないような気がした。


って、なにをあげたらいいんだ？


爽馬の趣味で選んだら、ドーナツ大容量パックとか農家直送安納芋《あんのういも》五キロ入りとかになってしまう。

女の子が好きなものってなんだ？

姉の花鳥は、甘いスイーツも好きだけど硬いスルメも大好きで、よくコンロで丸ごとひとつ焼いてマヨネーズや七味唐辛子をかけて食べている。生姜《しょうが》やおろしニンニクもなかなかイケるらしい。ダイエットにも最適だという。

けど、ホワイトデーにスルメをあげるのは聞いたことがない。

やっぱり見た目が可愛いお菓子が無難だろうか。

可愛いってどんなだ？

いまいち自分のセンスに自信が持てない。

そういうことに詳しそうな令二に相談できればよかったのだが、今回は令二にも尋ねにくい。

ホワイトデーの三日前。ふみよがパート先の洋菓子店で買ってきてくれたのは、ホワイトチョコレートをかけたクッキーのセットだった。

水色の半月の小箱に入っていて、クッキーも満月、半月、三日月とそろっていて可愛いし美味しそうだ。

爽馬もこれを買いたかった。

これなら三田村さんも吉川さんも、喜んでくれるはずだ。

でも、他の子たちに渡すのと同じものはもう買えない。

さんざん悩んだあげく、ふみよのパートがお休みの翌々日の放課後、腹を壊したといって部活を休み、三田村さんのお姉さんのお店へ行ってみた。

住宅地の片隅にある水色の屋根に、丸いレモンイエローの表札に青い字で『月と私』と記されたお店の、ガラス越しに中の様子をうかがう。

ホワイトデーの前日で、店内は非常に混みあっている。

うわっ、どうしよ。

外からそわそわと眺めていて、ようやくお客さんが途切れたタイミングで、顔を伏せ、こそこそと店に入っていった。

「いらっしゃいませ。ストーリーテラーのいる洋菓子店へようこそ」

執事の格好をした語部が左手を腹部にあて右手を後ろに回して、うやうやしく頭を下げる。

それから顔を上げて、おや、という表情を浮かべた。

「牧原くんでしたか。麦さんはまだ学校ですよ」

「いや、三田村さんはいないほうがよくて、あのっ、カタリベさんに相談があるんですっ。おれ、めちゃくちゃ困ってて――」

◇　◇　◇

ホワイトデーの当日。

天気予報は曇りのち雪だった。空は朝から灰色の厚い雲でおおわれ、どんよりしている。

麦も空と同じように浮かない気分だ。

やっぱり牧原くんに避けられてる……。

バレンタインデーに、三日月のシトロネットに漱石の満月のカードを添えて爽馬に渡した翌日から、様子がヘンだった。

教室で、麦が普段と同じように、おはよう！　牧原くん！　と挨拶したら、目を丸くして声をつまらせ、

——あ、お、おはよ。

と、なんとか言葉を絞り出したふうに挨拶を返し、麦と視線をなかなかあわせてくれない。

そうかと思うと、離れたところからちらちら麦を見ていたり。そのくせ目があうと気まずそうに笑ったりして、そのあとすぐ目をそらして——。

理由がわからず、麦は戸惑った。

が、その日の放課後、姉の店を手伝っていたとき、厨房で爽馬の母親のふみよが、ふっくらした頬をゆるめて語部にこう話すのを聞いた。

——語部さん、あの漱石の満月のカード、効果絶大だったわ。昨日、夕飯のあとに家族でお店のフォンダンショコラを食べたときに、うちのひとの前にカードを置

いてみたの。
――『月が綺麗ですね』は、英語の『I love you』を漱石が訳したと言われている言葉なのよって教えてあげたら、うちのひとったら照れちゃって。娘にもひやかされて、わたしもとてもときめいて甘い気持ちになってしまったわ。

それでふみよさんは、今日はいっそう肌がつやつやとして瞳も輝いてらっしゃるのですね、と語部に言われて「あらまぁ」と、ふみよはますます頬をゆるめていた。

が、麦の顔はこわばってしまった。

家族でフォンダンショコラを食べたってことは、牧原くんも一緒だったんだよね？

なら爽馬は、カードに記されていた言葉の意味を、知ってしまったのだ。

気づいてほしいと願ってチョコレートと一緒に紙袋に入れたカードだったのに、爽馬がてんで気づいていなかったことに、がっかりしながら、同時にほっとしてもいたのだ。

なのに、牧原くんに、あたしの気持ちを知られちゃった！

なぜ、今日、学校で爽馬が麦によそよそしかったのか。その理由がわかって愕然とした。

気楽につきあえるクラスメイトだと思っていた相手から告白されて、困っているのだ。

まだ、早すぎた。

カードを入れるんじゃなかった。

バレンタインデーに爽馬にチョコレートを渡せて、ロマンチックな気持ちでいたのに、いっきに頭の中が真っ白になった。

次の日からも爽馬は、麦から微妙に視線をそらしたり、そっと離れていったりして、麦を落ち込ませた。

しかも令二まで麦を避けているようで、麦が爽馬のことを相談したくて、一緒に帰らないかと誘っても、

——あー……今日は用があるから。

と素っ気ない。

——お姉ちゃんのとびきりの情報、教えてあげようと思ったんだけどな。

そう言ってみると、肩をぴくっと揺らして、ものすごく聞きたそうな顔はするものの、歯を食いしばって視線をそらし、

――そ、それはまた今度な。

と離れてゆく。

お姉ちゃんを出してもダメなんて、令二くんどうしちゃったの！

その後も爽馬は麦に微妙な態度で、令二もよそよそしく、麦の後悔はますます高まった。

やっぱりカードを入れるんじゃなかったよ～。

ホワイトデーのこの日も、爽馬は麦と視線があうと大きな体をもぞもぞさせ、ぎこちなく目をそらしてしまった。

休み時間に、爽馬がバレンタインデーにチョコレートをくれたクラスの女の子に、姉の店の手提げの紙袋に入ったお返しを渡しているのを目撃したけれど、爽馬は教室の出入り口のところに立っている麦に気づくと、はっ！　としたように顔をこわばらせ、気まずそうに自分の席に戻っていった。

なんで？　茂森《しげもり》さんにはホワイトデーのお菓子を返してたのに、どうしてあたしは無視なの？

あのカード、そんなに重かったの？

あたしのこと迷惑だったの？

麦はもう家に帰って、自分の部屋に引きこもって枕に顔をうずめて泣きたい気分だった。

爽馬は昼休みも、姉の店の手提げの紙袋を持って教室から出て行ってしまった。

◇　◇　◇

爽馬くんにチョコレートを渡した女の子たちは、きっと今ごろホワイトデーのお返しをもらっているんだろうな……と思いながら、小毬は校内の食堂で一人きつねうどんをすすっていた。

中学生のころ小毬は太っていて、男の子たちから、子豚、子豚、とよくからかわれた。

必死にダイエットをして、高校に入学したときには家族に痩《や》せすぎなのを心配されるほど細くなっていたけれど、リバウンドが怖くてカロリーがある食事を体が受けつけなくなってしまった。

口にしようとすると、胃がキリキリと痛み出すのだ。

いつもおなかを空かせていて、なのに食べられない。頑張って口の中に入れても、飲み込めなくて出してしまう。

自分はもう一生このままなのかと絶望して暗い顔をしていたから、高校で友達もできず、いつも一人でいた。

食堂で爽馬に出会ったときも、小毬は注文した限定メンチカツ定食を前に葛藤《かっとう》していた。

食べたい、でも食べたら太る、やっぱり食べられない。どうしよう、こんなに全部残したままトレイを返せない。どうして注文しちゃったんだろう。

泣きそうになっていたら、隣に座った爽馬が『あ、限定メンチカツ定食だ、いいなぁ』と自然な口調で話しかけてきたのだ。

小毬が、胃の調子が悪いから食べてと言ったら、顔中で嬉しそうに笑って『じゃあ、おれのきつねうどんと交換しよう！』と言って、それは美味しそうに、幸せそうに、ぱくぱくとメンチカツ定食をたいらげてしまった。

結局きつねうどんも小毬は食べられなくて、爽馬は『悪いなぁ』と言いながらやっぱり嬉しそうに、ずるずるごくごくと——それはもう胸がすくような食べっぷりで。

小毬は爽馬に恋をしたのだった。

高校に入ってから、あたしは全然イイことがなくて……毎日胃が痛くて、おなかが空いていて、苦しくて、真っ暗だった……。

あの日、爽馬くんがおひさまみたいに笑って、助けてくれて、世界がいきなり輝いたような気がして……。

爽馬くんにアタックしているときは、おなかが空いていることも、あたしはずっと一人で暗い場所にいるんじゃないかってことも考えずにすんで、うんと大胆で前向きな女の子みたいな気持ちになれたから……。

三田村さんに、爽馬くんはあたしの彼氏だから餌付《えづ》けしないで、なんて言ったりして、あたし、完全に危ない子だったよね、嫌な子だったよね。

なのに三田村さんは小毬が謝ったら『気にしてないよ』と言ってくれて、お姉さんのお店のタルト・タタンまで分けてくれた。

バターとお砂糖でキャラメリゼした、大きくカットした林檎がごろごろのったタルト・タタンは、あたたかくて美味しくて、小毬は夢中で食べた。

今まで食べたなによりも美味しくて、美味しくて、やわらかく香ばしくて甘酸っぱい林檎が胃に落ちて、おなかが満たされてゆくのが嬉しかった。

あれから普通に食事をとることができるようになった。

小毬が、あんなみっともないことをしたのに、爽馬の態度は変わらず、ずっと小毬に親切だ。

それは小毬だけにではなく、誰にでも平等にそうなのだと、爽馬の友人の令二に指摘されて。あたしだけが特別じゃないんだな、と今では小毬もわかっているけれど、やっぱり爽馬のことが好きで、あと少し頑張ってみよう……と思っていた。

バレンタインのチョコレートを選んでいるときは……ドキドキして嬉しかったのに……。


爽馬くん、喜んでくれるかなぁ。

このチョコレート、可愛いな、美味しいな、って思ってくれるかなぁ。

そんなふうに想像して、ときめいていた。

満月のカードも『月が綺麗ですね』という言葉もとてもロマンチックで、バレンタインの前の夜に、チョコレートと一緒に手提げの紙袋に入れたとき、それだけでもうバレンタインをやり遂げたみたいな満足感があって、ふふ、と忍び笑いしてしまったほどだ。

けど、バレンタインの当日に、爽馬が女の子にチョコレートをもらっているのを見てしまって、そのあとも教室でたくさんの女の子に囲まれている爽馬を見て、胸の明かりが急にしぼんでしまった。

爽馬にチョコレートを渡していた女の子も、爽馬を囲む女の子たちも、みんな明るく健康的で、生き生きして、魅力的に見えた。

暗くて、どよどよしていて、友達もいない小毬では、とても勝ち目はないと後ろ向きになってしまったのだ。

さらに放課後、チアのコスチュームに身を包んで、華やかなチア部の一員として運動部の人たちにチョコレートを配っている麦を見て、完全にあきらめの心境になった。

爽馬くんの彼女になれるのは、三田村さんみたいに活発で友達が多くて、笑顔が明るくて可愛い女の子なんだ……。

あたしじゃない……。

あたしからのチョコレートなんて、爽馬くんは迷惑だ。

うつむいて廊下を歩いていたら、曲がり角で令二に会った。

令二は不機嫌そうにむっつりしていた。

女の子に人気のある令二が、バレンタインのチョコレートは好きな人からしか受け取らないと宣言したと、小毬のクラスで女の子たちが騒いでいた。

浅見くんは幼なじみの三田村さんのことが好きだけど、三田村さんは爽馬くんにチョコレートをあげるだろうから、浅見くんは誰からも受け取りたくないんだろうな……。

令二にお互いの恋を協力しあおうと同盟を持ちかけたのは、麦のお姉さんのお店で切なそうな顔をしている令二を見てしまったからで、片想いの切なさを知るもの同士なら助けあえると思ったのだ。

令二がこんなに不機嫌そうなのも、麦からチョコレートをもらえていないからだろう。

小毬が哀しくて淋しいように、きっと令二も淋しくて哀しい。

爽馬に渡せなかったチョコレートが入った手提げの紙袋を、小毬は令二に差し出した。

——……浅見くんに、あげる。

令二は思い切り顔をしかめた。

——爽馬のために用意したチョコレートじゃなかったのか？

——……そうだけど、やっぱり……あたしからのチョコレートなんて、迷惑だから。

令二に紙袋を押しつけて、小毬はぱたぱたと走り去ったのだ。

あれから爽馬には会いに行っていない。

令二と二人で歩いているのを見かけたときも、急いで廊下の角や空き教室に身を隠した。

令二は小毬に気づいたようで、むっつりした顔で睨んできたが、小毬に声をかけることはしなかった。

爽馬くんにチョコレートをあげていたら、ホワイトデーのお返しをもらえていたのかな……。

　そうしたら、たとえ義理でも嬉しかっただろうな……。

　あの日チョコレートを渡せなかったのは小毬自身なのに、やっぱり淋しかった。しょんぼりときつねうどんの麺をすすっていたら、隣で明るい声がした。

「うちの学食のきつねうどん、油揚げがでかくて甘辛ダシがしみしみで、うまいよなー」

　びっくりして振り向くと、爽馬が笑っていた。

「吉川さんのクラスに行ったらいなかったから、食堂かなって。会えてよかった。これ、ホワイトデーのお返し」

　爽馬が水色の小さな紙袋を手渡す。

　小毬はますますうろたえた。

「あたし、爽馬くんにバレンタインのチョコレート、渡してない、よね」

「うん、令二からもらった。吉川さんからだって」

「！」

　浅見くんが、爽馬くんにあたしのチョコレートを渡したの！

同盟を持ちかけても令二はまったく乗り気ではなさそうで、うざったそうにしていて――なのにあの意地悪な令二が爽馬にわざわざ小毬のチョコレートを届けてくれるなんて、想像もしていなかった。

小毬がチョコレートを押しつけたときも怒っているみたいな顔をしていたから、ゴミ箱に捨てられても仕方がないと思っていたのに。

なら、爽馬はチョコレートと一緒に入っていた満月のカードも見てしまったのだろうか。

そこに記されていた言葉を見て、どう思ったのだろう？

爽馬くんは、夏目漱石の俗説なんて知らないはずだと思っても、恥ずかしさで顔が熱くなった。

「ご、ごめんなさい。迷惑だったよね」

息も絶え絶えに謝ると、爽馬はからりとした笑顔と口調で言った。

「全然！　吉川さんのくれたレモンにミルクチョコレートがかかったやつ、チョコがパリパリで、レモンが酸っぱくて、めちゃくちゃうまかった。ありがとう」

そう言ったあとで、今度はちょっと照れくさそうな真面目な顔になって、言葉を続けた。

「えっと、おれ、吉川さんがチョコレートをくれて、本当に嬉しかったんだ。おれ、よく女の子に急に泣かれたり、教科書をぶつけられたり、『こんな人だと思わなかった、二度とあたしの視界に入らないで！』って怒鳴られたりしたから。それはおれが無神経で、あの子たちを傷つけてたからなんだろうけど……」

きっとその女の子たちは爽馬くんへの片想いをこじらせた子たちだったのだろうと、身に覚えがありまくりな小毬は、また顔が熱くなった。

爽馬くんに気持ちが伝わらないことに焦れて、ひどいことを言っちゃっただけだから、爽馬くんが気に病むことはないと言ってあげたいけど、言えない。自分も爽馬のストーカーだったから。

「でも、吉川さんはおれがうっかり無神経なことを言っても、教科書をぶつけてきたりしなかったし、一緒に神社にお参りにいったりして、仲良くしてくれただろう？　そういうの、すごく嬉しかった」

爽馬の言葉や、あたたかな眼差しに、小毬は胸がぱんぱんになり、泣きそうになった。

「また、みんなで遊ぼうな」

と言って、爽馬は去っていった。

きつねうどんの残りを、目をぱちぱちしばたたかせて完食したあと、小毬は爽馬がくれたお返しのお菓子を、水色の手提げ袋から出した。

水色のリボンを結んだ透明な袋に、キスチョコの形をした、ころころしたピンクと黄色のギモーヴが入っている。

『月と私』の満月のギモーヴはホワイトデーの限定品で、ピンクと黄色の組み合わせのものがカーネーションをイメージしていることを、小毬はお店のホームページを見て、知っていた。

お店のホワイトデーのコーナーにもポップが立っていたし、ストーリーテラーのカタリベさんも、深みのあるいい声で、お客さんに説明していた。

――ギモーヴはフルーツのピューレにゼラチンを加え、固めたお菓子でございます。マシュマロと似ておりますが、よりしっとりとやわらかく、果実の味わいをお楽しみいただけるお品になっております。

――こちらのピンクと黄色のギモーヴは苺味とレモン味で、カーネーションをイメージしております。カーネーションの花言葉は、ピンクが『感謝』、黄色が『友情』で、お世話になったかたや親しいお友達への贈り物にもぴったりでございます。

爽馬の小毬への好意が、友人としてのものであるとわかっても、嬉しさは変わらなかったし、また目に涙がにじんできた。

袋を開けて、ピンクのギモーヴをひとつつまんで口へ運ぶ。

ふんわりしっとりした苺味のギモーヴが、優しくとけてゆく。

まるで小毬の喜びと悲しみに寄り添ってくれているみたいだ。

レジの奥のガラスで仕切られた厨房で、耳に淡いピンク色の三日月のピアスをつけた綺麗なシェフが、この優しいお菓子を作ってくれたのだ。

お店の二階にある麦の自宅で、みんなでタルト・タタンを食べたとき、挨拶に来てくれた三田村さんのお姉さんに、小毬は憧れていた。

月の女神さまみたいに綺麗で、優しくしとやかに、ふんわりと唇をほころばせる。

三田村さんのように元気で朗らかな笑顔の女の子になるのは、小毬にはきっと無理だろうけど。

あたしも……三田村さんのお姉さんみたいに微笑むことができる人になりたいな……。

ふたつめのレモンのギモーヴも、美しいシェフの微笑みのように、とても優しい味がした。

◇　◇　◇

まったく、やれやれだ。

食堂で、爽馬からもらったギモーヴをおだやかな表情で食べている小毬を、少し離れた席から盗み見ながら、令二は心の中でつぶやいた。

バレンタインの日に小毬に押しつけられたチョコレートを、なんでぼくが、と腹立たしい気持ちで爽馬に渡した。

麦とお互いの恋を協力しあう同盟を結んでいるのに、まるで麦を裏切ったような気分になり、麦によそよそしくしてしまった。

麦と話すのが気まずかったのだ。

せっかく麦が、お姉さんのとびきりの情報を教えてくれると言ってきたのに、断ってしまった。全部小毬のせいだとむかむかしていた。

爽馬が急に麦を意識している様子なのも、令二に小毬のことをまったく訊いてこないのも気になっていて。でも、こちらからあれこれ尋ねるのはしゃくだし、そもそも他人の恋愛沙汰《ざた》に関わる気なんてこれっぽっちもないし、わずらわしいことはごめんだと、令二からは爽馬になにも訊かずにいたのだ。

小毬にホワイトデーのお返しを渡した爽馬は、悩みがひとつ減ったようにすっきりした顔をして——そのあと気合を入れ直すように、両手をぐっと握って決意のこもる顔で食堂から出て行った。

どうやら、麦と爽馬のあいだにも進展がありそうだ。

小毬にはつらい展開だが、ギモーヴを食べている小毬はほんのり口もとをほころばせていて、嬉しそうだ。

なんとなく糖花のことを思い出した。

小毬のうじうじしたところや、人見知りがひどくてコンプレックスだらけで、自分の殻に閉じこもってうつむいているところが、昔の糖花に似ていたからかもしれない。

糖花がそんなふうになったのは、恋心をこじらせた令二がいじめたせいでもあるのだけど……。

今は、そのことを悔やんでいたし、小毬の手助けをするようなことをしてしまったのも、小毬が糖花とかぶったからなのだろう。

もちろん糖花さんのほうがずっと美人で、優しくて、しとやかで控えめで、声も可愛くて魅力的だけどな！

とりあえず、小毬も、爽馬も、麦も、このひと月、ずっと鬱々ぐるぐるしていた悩みが一段落つきそうで、安心した。

　令二もやっと肩の荷が下りた気分で、黄色とピンクのギモーヴを幸福そうに食べている小毬を見ていた。

◇　◇　◇

「三田村さん！　ちょっと来て！」

　放課後、けっきょく牧原くんからお返しをもらえなかったと麦がしょんぼりしていたら、肩からスクールバッグをさげた爽馬がいきなり近づいてきて、強い口調で言った。

「え、どこ行くの」

「いいから、こっち」

　のんき者の爽馬が、麦の前を大股でどんどん歩いてゆく。麦は混乱したまま、小走りでついていかなければならなかった。

　廊下を進み、階段を下りて、校舎の裏庭まで来て、爽馬はようやく足を止めて麦のほうを振り返った。

　朝から曇っていた空はますます暗くなり、粉雪がちらついている。それが麦の鼻や頬に、ひやっとした感触を残して溶けてゆく。

「あ、ごめん、雪降ってた……」

想定外だったらしく、爽馬はちょっと情けない顔をしたが、麦が、

「う、ううん、これくらいなら全然平気。風もないし」

と言うと「ありがとう」と小声で言い、またキリッとした顔になり、スクールバッグからなにか取り出した。

小さな水色の手提げの紙袋――姉の店の名前が入っている。

「これ！　三田村さんに！　バレンタインデーのお返し！」

ひとことずつ力を込めながら、爽馬が言う。

「チョコレートありがとう！　それとカードも――あれ、夏目漱石が訳した言葉だって母さんに聞いた」

両手を伸ばして爽馬のお返しを受け取りながら、麦は大混乱だ。口から、うわっ、きゃ、うぐっ、とヘンな声がいくつも出る。

「そ、そっか……やっぱりふみよさんに聞いちゃったんだ。あは、あはは、びっくりしちゃうよね」

「うん、驚いた。それで三田村さんのことめちゃくちゃ意識して、そわそわしてたんだ」

「え……は、意識？　あたしのこと、うざっ、とか重っ、とか思って避けてたんじゃなくて？」

「そんなこと思うわけないよ！　ただ、おれ、こういうのはじめてで、三田村さんと吉川さんからあんなカードもらって、本当にどうしていいのかわからなくて」

「吉川さんからも……もらったんだ」

「あ、ごめん、言わないほうがよかった？　ああっ、おれやっぱ無神経だ」

「いやいや、そんなに落ち込まないで！　隠しておかれるよりいいよ。そっか、吉川さんからもチョコレートと満月のカードをもらったんだね。あたしと吉川さんと二人同時にもらったら、そりゃあ動揺するよね。悩んじゃうよね」

「もーっ、頭爆発しそうなほど悩んだ。ホワイトデーのお返しもどうしようって。他の人たちに渡した分は母さんが用意してくれたんだ。けど、三田村さんと吉川さんには、おれが選ばなきゃって思って。そしたらまた、めちゃくちゃ大変で、なにあげたらいいのか全然わからなくて——」

そのときの混乱のままに、爽馬が口走る。

牧原くん……あたしと吉川さんの気持ちを真剣に受け止めて、こんなに悩んでくれたんだ……。

ホワイトデーのお返しも、本当に一生懸命に選んでくれたんだな……。

そう思ったら、麦はあたたかい気持ちになった。

牧原くんらしいな。

「それでカタリベさんに相談したんだ」

「えっ！」

カタリベさん、牧原くんが来たなんてひとことも言ってなかったよ。せめてちょっと匂わせてくれるくらいしてもよかったのに。

そうしたらあたしも、あんなに悶々《もんもん》とせずにすんだのにと、少しうらめしい。

爽馬に相談されて、語部はおだやかな口調でこう言ったそうだ。

——なぜ、麦さんと吉川さんの分だけふみよさんに頼まなかったのですか？　それは、お二人が牧原くんにとって特別だからでは？

——あまり深刻になりすぎず、そんなご自分の気持ちを柔軟に受け入れてみてはいかがでしょう。

そうして、水色のリボンを結んだギモーヴの袋をふたつ、手にとった。

――たとえば、このギモーヴのようにやわらかな気持ちで。

ひとつの袋には黄色とピンクの、マシュマロみたいな丸いお菓子が。

もうひとつの袋には、白と紫の同じお菓子が入っていた。


麦はドキッとした。

姉の店で、ホワイトデー限定で販売しているギモーヴのパッケージは二種類で、黄色とピンクはレモンと苺の味で、カーネーションをイメージしている。

白と紫はバニラとカシスの味で、ライラックをイメージしている。

「ひとつはカーネーションで、もうひとつはライラックだってカタリベさんは言ってた。それで、花言葉を教えてくれたんだ。カーネーションの黄色は『友情』で、ピンクは『感謝』だって。だから吉川さんには、黄色とピンクのギモーヴを渡した」

麦の心臓がまた跳ねる。

紙袋の中を確かめるのが怖い。

細かい雪がちらちらと舞う中、爽馬が熱い目で、麦に向かって語っている。

「ライラックの白は『青春の喜び』で、紫は『恋の芽生え』だって」

我慢できず、麦は爽馬から渡された手提げの紙袋を小さく開いた。

爽馬が言った。

「おれが三田村さんに選んだのは、ライラックのやつだよ!」

紙袋を見下ろす麦の目に、白と紫の丸いギモーヴが飛び込んでくる。

白いライラックの花言葉は『青春の喜び』。

紫のライラックは『恋の芽生え』。

——どうぞ、お客さまの恋しいかたに贈られて、青春の喜びを存分に味わってください。

姉の店で、語部が深みのある艶やかな声で語るのを、麦は聞いていた。

相手は彼女へのホワイトデーのお返しを選んでいる、若い男性だった。

「待って! 牧原くん、白と紫のギモーヴを贈る意味わかってる?」

驚きと放心のあと、麦は慌ててそう言った。

爽馬も同じくらいテンパっていて、

「おれ、そういう気持ちになったことなくて、細かいことはわかんないけど――本当に、わかんないけど――」

爽馬が麦に向かって叫ぶ。

「おれ、三田村さんのこと、気になってる！」

爽馬の熱量に圧倒されて、麦はまた言葉を失う。

「だから三田村さんのこと知りたいし、自分のこの気持ちがなんなのかも知りたい。それじゃダメかな。おれ、また無神経なこと言ってる？」

胸がゆっくり喜びで満ちていって、麦は、

「ううん」

と首を横に振った。

爽馬が、ほっとした顔をする。

麦はおずおずと言った。

「ひとつだけ、お願いがあるんだけど」

「なに」

「牧原くんのこと、爽馬くんって、名前で呼んでもいい？」

小毬が『爽馬くん』と呼んでいるのがうらやましくて、もし爽馬とつきあえたら、そう呼びたいとずっと夢見ていた。

きっと爽馬は、誰にどう呼ばれても気にしないのだろうけど。

なーんだ、そんなことかと、笑われてしまうんじゃないかと思ったら、爽馬は目を見張り、顔を赤く染め、そわそわして、

「う……うん、いいんじゃ、ない、かな」

と初々《ういうい》しく答えて、麦はますます喜ばしい気持ちになった。

そうして、あることに気づいて——ゆっくり微笑んだ。

「ここ、あたしがバレンタインにチョコレートを渡した場所だね」

爽馬がさらに赤くなる。

バレンタインデーの放課後は茜色《あかねいろ》の夕日で染まっていた裏庭には、冷たく白い粉雪がやわらかく舞っていた。

第六話

ひんやり薄い砂糖の壁から
あふれる、
果実のゼリーに震える
パート・ド・フリュイ

Episode 6

ホワイトデーの夕刻。

戸建てや低層タイプのレトロなマンションが立ち並ぶ住宅地はすでに薄暗い。真っ白な雪がふわふわと舞う中、区役所で婚姻届を出したばかりの七子と旭のカップルが、注文したケーキを店にとりにきた。

「おれたちみたいにホワイトデーに婚姻届を出す人が多いみたいで、えらい混んでましたよ」

「雪が本格的に降り出す前に帰れてよかったです。月わたさんに結婚祝いのケーキを作ってもらえるなんて、本当に嬉しいです。ホワイトデーでお忙しいのに引き受けてくださってありがとうございます」

イートイン席のテーブルの前に並んで立ち、頬を上気させてお礼を言う二人の薬指には、おそろいの銀色のリングがつやつやと光っている。

二人に挨拶をするため厨房から出てきた糖花は、幸せそうな様子に自分も嬉しくなって微笑みながら言った。

「わたしたちこそ、お二人の特別な日に『月と私』のケーキをご所望いただけて光栄です。わたしも、お二人で仲良くケーキを買いにきてくださったときの微笑ましいご様子を思い浮かべながら、とっても楽しく作らせていただきました。わたしまで幸せな気持ちになってしまう素敵なお仕事でした。ありがとうございます」

内気な性格のため、こんなふうにお客さまと直接お話をすることはあまりない。けれど今日は糖花からもお祝いの言葉を伝えたかったし、結婚祝いのケーキを作って嬉しい気持ちが続いているからか、いつもより言葉がたくさんあふれてきた。

ケーキが入った箱を運んできた語部も、そんな糖花をあたたかな目で見ている。

「ねぇ、岡野さんの新しい苗字は、なにになったんですか？」

郁斗が尋ねると、七子ははにかみながら答えた。

「橘高《きったか》です。柑橘の橘に、高い低いの高で」

「カッコいい！」

糖花が語部と目と目をあわせて口もとをゆるめたのは、七子の新しい苗字もお祝いのケーキにつめこんでいたからだ。

「では、当店のシェフがお二人の末永い幸福を祈って作り上げた、特別なアントルメをご披露いたしましょう」

テーブルに置いた白い箱を、語部がまるで婚礼の儀式のように、うやうやしく持ち上げる。

すると、白い満月が現れた。

ホワイトチョコレートのクリームをウェディングドレスのフリルのように飾り、そこにさくさくのパフをホワイトチョコレートでくるんだ小さな花や、オレンジの皮を細く切って煮込み結晶化させた三日月のオレンジピールでアクセントを添えている。

七子の顔がぱーっと輝き、旭も目を丸くした。

「可愛い！」

「花嫁さんのドレスみたいだ」

語部が艶やかな声で語り出す。

「ごらんのとおり、ホワイトチョコレートとオレンジの満月のケーキでございます。生のアーモンドを砕いて粉末にしたアーモンドパウダーをたっぷり使って、しっとりと焼き上げたケーキの中には、オレンジを砂糖で煮込んだ瑞々《みずみず》しいコンフィも入っており、甘酸っぱく爽やかな風味をお楽しみいただけます。こちらを清楚《せいそ》なホワイトチョコレートで包み、トップもウェディングドレスをイメージしたホワイトチョコレートのクリームで飾っております。さらに三日月の形のオレンジのピールや、オレンジの花をかたどったホワイトチョコレートのパフを散らし、華やかに愛らしく仕上げております」

語部の流れるような声が、言葉が、真っ白なケーキにあざやかなストーリーを添えてゆく。

「オレンジは花嫁の花でございます。結婚式の日に、花嫁が髪にオレンジの花を飾ったり、ブーケに入れたりいたします。オレンジの花には花嫁を守り幸せに導く力があると言われているのですよ。花嫁の幸せの守り神なのです」

七子も旭も、結婚式の祭壇《さいだん》で神父の言葉を聞くような表情で、語部の言葉に耳をかたむけている。

「橘高さまご夫妻の苗字にも、柑橘の橘の文字が入っております。お二人の幸福は約束されたも同然でございましょう。このたびは、ご結婚、誠におめでとうございます」

郁斗と糖花の他に、パートさんたちからも「おめでとうございます」と次々声があがり、店で買い物をしていたお客さまたちまで「わー、おめでとうございます」と祝福に加わった。

店内に拍手が満ち、二人とも照れくさそうに、幸せそうに、笑っていた。

外は白いライスシャワーのような雪が舞っていて、その中を雨よけのビニールカバーをかけたケーキの箱を大切そうに持って、二人は歩いていった。

今日はこれから、引っ越したばかりの新居でケーキを食べてお祝いをするのだと嬉しそうに語って。

◇　◇　◇

雪は閉店間際になって勢いを増し、すでに店の前の道路は白く染まり、窓にも雪の結晶が張りついている。

郁斗は、このあと時彦のマンションへ行くという。

「時兄ぃが、バレンタインのザッハトルテのお返しにケーキを作ってくれるんだって。『時彦さまには一生かないませんとひれふすような、スペシャルなやつを食わせてやるから覚悟しておけ！』なんて言ってたから、きっとすっごい気合が入ったケーキが出てくるんだろうなぁ。うわぁ、楽しみ！」

目を輝かせて、うきうきしている。

閉店時間になり、郁斗が『close』の札を下げにいったところへ、駆け込みのお客さまがひっそりと現れた。

髪にもコートにも雪がかかっていて、シルバーフレームの眼鏡には水滴がついている。唇が青ざめているのは、店に入ろうかどうか迷って、長いこと外をうろついていたからかもしれない。

瀬戸先生……！

厨房からガラス越しに雪成の姿を見た糖花は、ハッとした。

語部が、雪成に向かって嬉しそうに言う。

「いらっしゃると思っていました」

◇　◇　◇

語部が従業員に「後片付けはよいので今日はもう退店してください。雪も強くなってきたので、気をつけてお帰りください」と告げ、売り場は雪成と語部の二人になった。

レジの奥のガラスで仕切られた厨房に、白いコックコートを着た綺麗な女性がいて、心配そうにこちらを見ている。

あの人はバレンタインデーに、雪成たちのためにチョコレートケーキを作ってくれたこの店のシェフだ。病院でも会っていて、雪成の担当患者で彼女の知人でもある松ケ谷さんは『糖花ちゃん』と呼んでいた。

がらんとした売り場の真ん中に立ったまま、雪成は昔なじみの彼に尋ねた。

「九十九くんは……どうしてぼくがまた来ると思ったの？」

雪成が店に入ってきたのを見たとき、語部はひどく嬉しそうだった。今も、たくらみが成功したときのような微笑みを浮かべている。

「それは、私があのバレンタインデーの夜に、当店のシェフが作った特別なチョコレートケーキに魔法をひとつ仕込んだからですよ」

「魔法……」

なにを言われているのかよくわからない。眼鏡のつるに手をあて、つぶやいた。

確かにあのチョコレートケーキは魔法がかかっているみたいに儚く繊細で、切ないほどに美味しくて、いつまでも心に残って忘れられない味だったけれど……。

雪成の気持ちを読んだかのように、語部が艶やかな声で言う。

「あの夜から今夜までの一ヶ月、きみはずっと夏名子さんのことを考えていたのではありませんか？　夏名子さんがフランスへの移住を決めて、もう会うことはないと断言されて、心に隙間風が吹くように淋しい気持ちになったのでは？」

半月の形をしたチョコレートケーキの味を思い出しながら、それを向かい合わせで一緒に食べた夏名子のことを、雪成は確かにずっと考えていた。

雪成と夏名子の前にそれぞれ置かれた半月のケーキをふたつ合わせると、チョコレート色の満月のように見えたこと。

それを頬を上気させて見つめていた夏名子……。

語部の言う通りだった。

雪成より四つ年上の彼は、まだほんの子供のころから人の心を読み、本人にも説明のつかない複雑な感情を美しく整理し、時には要約し、時には言葉を補塡《ほてん》し、語るのがうまかった。

眼鏡のブリッジを押さえて、うつむく。

そう……九十九くんに隠しごとはできない……。

「九十九くんがそう言うのなら、きっとそうなのだろうね。ぼくはずっと夏名子先生のことを考えて、淋しさを味わっていたんだろう……」

雪成がひっそりとつぶやいたとき、若い女性の声がした。

「それならなぜ、夏名子さんの告白を断ったんですか……っ！」

ピンクの三日月のピアスを耳たぶにつけた綺麗なシェフが、ガラスの向こう側の厨房から出てきて、必死な目をして雪成に訴えた。

が、すぐに自分の行為にうろたえて、

「あ、ごめんなさい……わたし、差し出がましいことを……」

と体をこわばらせて頭を下げる。

きっと普段は内気な人で、こんなふうに他人の会話に声を震わせて割って入ってくる人ではないのだろう。

病院でも、雪成との縁談をすすめられて何度も謝っていた。

肩をすぼめて目を伏せて、すみません、すみません、と。

「本当にごめんなさい。わたし、はずしますね。二階にいますから、お二人でお話ししてください」

立ち去ろうとする糖花を、雪成は引き止めた。

「……かまいません。シェフもここにいてください」

「え、でも」

清楚な顔に戸惑いが浮かぶ。

「ぼくがこの店を再び訪れたのは、シェフがバレンタインデーに作ってくださったチョコレートケーキに魔法を仕込んだからだと、九十九くんは言いました。ならば、ぼくがなぜこんなにあの日のことを繰り返し考えてしまうのか……シェフも一緒に九十九くんの話を聞いて、あのチョコレートケーキの魔法の正体を、ぼくに教えてほしいんです……」

そんなことを頼まれて、彼女も困っているだろう。

けれど、雪成は追いつめられていた。

「お願いします。情けないことに、このままではぼくは永遠にあの日のことを回想し続けて、おかしくなりそうなんです」

綺麗なシェフが語部のほうを、おずおずと見る。

語部がうなずく。

「どうぞ、シェフもこのまま一緒にお聞きください。雪成くん自身が、それを望んでおります」

「わ、わかり、ました」

「では、話を続けましょう。雪成くんが夏名子さんの告白を断ったのはなぜか？　それは夏名子さんが雪成くんを恋する気持ちが、このうえなく真剣なものであると認めざるをえなかったからですね」

雪成は胸がギュッとした。

ああ……本当に、九十九くんにはなにも隠せない。

内気で綺麗なシェフは困惑して、

「そう、なんですか？」

と戸惑いの目で雪成を見ている。

「夏名子さんがどこまでも本気だったから、きみは夏名子さんを受け入れることができず、拒絶したのです」

彼の言葉は容赦《ようしゃ》がなかった。

口調はやわらかだが「これまでもそうだったのではないですか？」と、畳みかけてくる。

「一度目のときも二度目のときも、夏名子さんの気持ちが真剣なものであると、きみはうっすらと感じていた。けれど、受け入れるわけにいかなかったから、夏名子さんの告白を本気と受けとらないようにしていたんです」

「どうしてそんなこと」

思わず声を上げてしまったシェフが、また申し訳なさそうに肩をすぼめて口を閉じる。

雪成も眼鏡のフレームに手をあてたまま、沈黙していた。

夏名子先生の一度目の告白と、二度目の告白を……ぼくは本気と受けとらないようにしていた……。

そうなのだろうか。

自分のことなのによくわからなくなって、無理に考えようとすると頭がズキズキと痛んで、下がってきた眼鏡の位置を直した。

語部が今度は少し切なそうな口調で言った。

「雪成くん、私はきみが押し込め隠してきたその気持ちが、わかるように思います。私もきみと似た境遇でしたから。けれどきみは私の自宅ではなく、店を訪ねてきた。昔なじみの私にではなく、この店のストーリーテラーである私に助けを求めに来たのですから、ストーリーテラーとして語りましょう」

深みのある艶やかな声が、雪成の耳にゆるやかに流れ込んでくる。

「これは私が月から聞いたお話です」

「その少年は、親を早くに亡くし施設で育ちました。物心ついたときから自分以外に頼るものはなく、一人で生きなければならないと考えていたからでしょう。少年は表向きは礼儀正しく愛想がよく親切で周りから信頼されておりましたが、本当は心の扉をしめて誰にも気を許さないようにしておりました。そうやって自分を守っていたのです」

雪成が出会ったとき語部は小学三年生で、すでに秀麗な面差《おもざ》しをしていて、話しかたもおだやかで賢そうで、とても大人っぽく見えた……。

「施設の中に、少年と同じように心の扉をしめている男の子がおりました。少年より四つ年下で、少年が九歳のときに施設にやってきました。たいへんおとなしい子供で、誰とも話さず、いつも部屋の窓際で一人でひっそりと本を読んでおりました」


綺麗なシェフが目を見張る。

語部の物語に登場する男の子が誰なのか、わかったのだろう。

雪成はこれまで誰にもそのことを話したことがない。夏名子も知らないはずだ。

あいつが少し変わっているのは、施設で育ったからだと思われるのが嫌だったから……。

なのに今は、自分という人間を丸裸にし、すべてをぶちまけたい衝動に駆られている。

そうでなければ、もう一歩も前へ進めない。

語部が、彼自身の過去と、彼が知る年下の男の子の物語を続けている。

あのころ彼の目に自分はそんなふうに見えていたのかと、懐かしいような、切ないような気持ちにとらわれる。

「年長の少年が、新しく施設に入った年下の彼に親切にしたのは、そのような役割を周りが自分に求めていることを、よく知っていたからです。ただ、それとは別に、彼が自分に似ているように感じて、気になっておりました」

「新しい環境に慣れてくると、男の子も少しずつ周りとコミュニケーションをとるようになりました。万事に控えめで、小さな優しい声で話す彼を嫌う人はおりませんでした。そんなふうに自分を抑えて周囲にひっそりとけこむことで、彼もまた自分を守っていたのでしょう」

ここで嫌われたら自分にはもう行くところがないから、必死だった。

好かれなくていい。

ただ嫌われたくなかったし、誰も話しかけないでほしかった。

「小学校に入ると、彼と友達になろうとする男の子や、彼に好意を抱く女の子も現れたようですが、彼はそうした相手といつも一定の距離を置いているようでした。特に女の子に対しては、相手が距離をつめようとすると、ひどく困っている様子で遠ざかってゆきました」

女の子は、なんでも知りたがるから苦手だった。

――ゆきくんは、なつやすみは、どこへおでかけするの？

――ゆきくんちにあそびにいきたいな。

――ゆきくんの、おかあさんってどんなひと？

「あるとき彼と、本の話をしたことがあります。施設に寄贈された夏目漱石の『硝子戸の中』という本は彼のお気に入りで、繰り返し読んでいました。硝子戸で仕切られた書斎に引きこもっていた漱石が、変わらない景色を眺めながら、そこに訪ねてきた人たちのことや、社会のこと、昔のことなどを、思いつくまま語る随筆です」

「きっと彼は、自分も硝子戸の中から世界を見聞きしているようだと感じていたのでしょう。年上の少年もまた同じ気持ちを抱いていました」

施設には漫画やゲームはあまりなかったが、どこかの篤志家《とくしか》が寄贈した夏目漱石の立派な全集があった。

子供には難しい字や、よくわからない部分もあったけれど、そのわからない部分を調べたり考えたりするのが面白くて、そればかり読んでいた。

『硝子戸の中』は、読み返しすぎて文章を全部暗記してしまったほどだ。

自分も、この人のようにずっと硝子戸の内側で、好きなことをしていられたらいいな……と思っていた。

安全に守られた透明な壁越しに見える世界は、きっと楽しいだろう。なにが起こっても、それはあちらがわのできごとなのだから、自分は傷つけられたり、苦しんだりすることはない……。


「やがて二人は、別々の里親に引き取られてゆきました。月日が流れ、仕事の場で再会したときには、二人とも経済的に自立した大人になっておりました。また、そこには彼を愛する女性もおりました」

「晴れやかで情熱的で、まっすぐで生命力にあふれた、素敵な女性です。けれど彼女の告白を彼は本気にしませんでした」

「彼女が別の男性とつきあっていると誤解し、彼女が否定しても冷たい態度で彼女を拒否したのです」

――九十九くんとわたしは、つきあってなんかいない！　みんなが勝手に誤解してるだけよ！

――夏名子先生が九十九くんの部屋に忘れていったイヤリングを、九十九くんが渡しているのを見た人がいると噂になってます……。

――あれは……。

夏名子は顔をこわばらせて口ごもってしまった。動揺しているように見えたから、ああ、やっぱり二人はそういう関係なのだな、と雪成は思った。

――待って、本当に九十九くんとはなにもないの！　バレンタインのチョコレートも雪成くんにしか買ってないし、わたしが好きなのは――。

――すみません。やっぱり、よりによって九十九くんとおつきあいしている夏名子先生からはいただけません。

――違うって言ってるでしょう！　どうしてわかってくれないのっ！

取り乱して叫んでいた彼女。

二股をかけるような人ではなく、不器用すぎるほどまっすぐな人で、嘘《うそ》のつけない人だと、よく知っていたのに。

なぜぼくは、夏名子先生の言葉を信じることができなかったんだろう。一刻も早くこの場から離れたいと思ってしまったのだろう。

「信じたくなかったのです、彼は」

雪成の心の奥底までもぐってゆくような、深みのある声が告げる。

「彼女の本気の想いを、受け入れることができなかったから。彼は、硝子戸の内側から出たくなかったのです。そこを出れば大きな苦しみを受けると、恐れていたのでしょう」

硝子戸の中にいれば、安全だ。

ここでは、ぼくは最初から一人だから。

これまで、ただもやもやしたり、いらいらしたりするばかりで説明のつかなかった気持ちを、語部の言葉であきらかにされ、自分が辿ってきた道筋を見せられて、雪成は茫然《ぼうぜん》とした。

そうか、ぼくは施設で『硝子戸の中』を読んでいたときの子供のままだったんだな……。

やっぱり九十九くんは全部お見通しだ……。

眼鏡のフレームの位置を指で直してひっそりと微笑み、雪成は口を開いた。

「ぼくは母親に捨てられた子供だったから……。母はぼくが五歳のとき、春のよく晴れた日に、ぼくを置いて遊びに出かけたまま帰ってこなかった……」

——おかあさん、どこへいくの。

——どこでもいいでしょう。こんないいお天気に、あんたみたいにしめっぽい子供と引きこもってなんかいられないわ。あたしはまだ若いんだから、自分の人生を楽しまなきゃ。

「だからだろうね……最初から誰とも深く関わりたくないと思っていた。誰かと友達や恋人になっても、きっとその人たちもある日いなくなって、またあの真っ暗な絶望を味わうことになるんじゃないかと……どうしても恐れてしまうから」

母親も、雪成を愛してくれたことがあったのだ。

——いい子ねぇ、かわいいわねぇ。

とろけそうな顔で雪成を抱きしめて頬ずりしてくれたことも。

――ふふ、子供ってあったかーい。雪の日は、あんたを産んどいてよかったーって思うわ。くっついているとあったかいものね。


愛情はあったのだ。

それを雪成も感じていて、なにを言われても、どんな仕打ちをされても、母のことが好きだった。

おかあさんも、ぼくのことが好きだから。


けど、愛情はうつろうし、人は簡単に離れてゆく。

ひらひらした服を着てお化粧し、小さなバッグをひとつだけ持って陽気に出かけた母親は、雪成が留守番をしている古いアパートの部屋に二度と戻ってこなかった。

冷蔵庫が空っぽになり、おなかを空かせた雪成は、最後の力をふりしぼって窓を開け、叫んだ。

晴れ渡る青空に向かって、

――おかあさん！　おかあさん！

何度も何度も。

——かえってきて！　おかあさん！　おなかがすいたよ、おかあさん！

力つきて、窓を開けっぱなしのまま、ほこりだらけの床に倒れていたところを、警察の人に保護されたのだ。

そのあと、あたたかい食事と毛布を与えられ、大人の人たちに優しくしてもらった。

——おかあさんは、いつむかえにくるの？

雪成が尋ねたら、哀しそうな顔で、

——どうだろうね。ずっと先になるかもしれないよ。

と答えた。

そのときはまだ、おかあさんはきっと自分を迎えにきてくれると信じていた。

けど、雪成を迎えに来たのは母親ではなく施設の職員さんで、雪成は身寄りのない子供たちが集まる施設で暮らすことになったのだ。

——雪成くんのおかあさんは事情があって、雪成くんを育てることが難しくなってしまったんだよ。

職員さんは、どんな事情なのかは教えてくれなかった。

母親が再婚したこと。

再婚相手が雪成との同居を拒んだため、雪成を捨てたこと。

雪成を引き取るつもりは、この先もないこと。

母親のそんな事情を雪成が知るのは、中学生になってからだが、おかあさんがもう雪成を迎えに来てくれないことだけは、よくわかった。

「愛情なんてあやふやなものを期待するのは危険なことだと、ぼくは子供のころから知っていました。だから、硝子戸の中から外の風景を眺めているだけで満足していたんです……それが一番安全で、傷つかない……最善の方法です」

眼鏡のブリッジを指で押さえ、雪成は少しうつむいて語った。

綺麗なシェフが眉を下げ、目をうるませている。

そんな光景も、硝子戸越しに見れば物語の一場面でしかない……。あの人はぼくのために哀しんでいるわけじゃない……ぼくが同情されているわけじゃないと思える……。

けれど語部の艶やかな声だけは、硝子戸の向こうからはっきりと聞こえてきて、雪成の心を揺らす。

「安全で最善、おっしゃるとおりですね。施設で育った年上の少年は、太陽の輝きに誘われて硝子戸の外へ意気揚々と出てゆきました。そこには輝かしい日々があり、彼も、いっときはいい気になっておりました。けれど、ある日太陽は地に落ち、彼はその灼熱《しゃくねつ》の光に全身が消し炭になろうかというほど焼かれました。それはまさに地獄の苦しみでした」

医療機器メーカーのカリスマと呼ばれた語部の養父、大門隆嗣《たかつぐ》社長が、データの改竄《かいざん》で起訴されたことは、雪成も知っている。

雪成の病院でもそのメーカーの商品を導入していたので、大変な騒ぎになった。

大門社長の右腕で、次期後継者であり、広報を統括するストーリーテラーとして名をはせていた語部も偽装に関わっていたのではないかとネットのニュース記事に書かれていたのを、雪成も読んだ。

昔なじみの友人の身を案じると同時に、やはり他人を信じすぎてはいけないと、また認識した。

九十九くんは大門社長のことを、神さまみたいにあがめていた。

——社長は、私のストーリーテラーとしての才能を見出してくれた恩人です。朝の太陽のように天に向かって上昇してゆく彼の輝きを浴び、彼を助けながら、ともに高みを目指すことが私の使命です。

——ストーリーテラーの私に、語るべき価値あるものを与えてくれた。感謝しかありません。

大人になって再会したとき、仕立てのよいスーツに身を包み外国製の革靴を履いた語部は、自信と輝きにあふれていてまぶしいほどだった。

けれど彼が信じた〝語るべき価値あるもの〟こそが、偽りだった。

大門社長のもとを離れ、医療業界からも去っていった彼は、どれほどの絶望を抱えていたのか。

雪成への連絡も、ずっと途絶えていた。

だから、その語部からいきなり電話がかかってきたときは驚いた。

——お久しぶりです、雪成くん。私もいろいろありましたが、今は洋菓子店で働いております。

九十九くんがお菓子屋さん！

あまりに意外で、彼が白いコックコートを着てケーキにクリームを絞り出している姿や、可愛いケーキをせっせと箱詰めして「ありがとうございました！」とお客さまに爽やかな笑顔で差し出す姿などが頭の中を駆け抜け、軽く混乱した。

——イートインのデセールもおすすめですので、一度お店へいらしてみてください。

雪成が、そうですね……そのうち、と言い終わらないうちに、

――ちょうどバレンタインデーの夜のデセールの予約枠がひとつ空いております。この日は親しいお客さまだけに、当店のシェフの特別なケーキをお召し上がりいただきます。こんな幸運はめったにありません。雪成くんはバレンタインの日のご都合はいかがですか？

病院でチョコレートを渡されるのがわずらわしいので、雪成はなるべくバレンタインデーは休暇をとるようにしている。語部はそれを覚えていて、雪成に電話してきたのだろう。

――そうですか、お休みですか。それは雪成くんはツイています。では二月十四日の閉店後に、お店へ直接いらしてください。お客さまは雪成くんと、もうおひとかただけですので、バレンタインを楽しむ恋人たちと居合わせて、居心地が悪くなることもございません。

――気軽にお越しいただける店ですが、バレンタインデーということでスマートカジュアルな装いをお願いしております。普通の革靴にジャケットなど羽織っていただければ結構です。

いつのまにか、店に行くことになってしまっていた。

バレンタインデーに予定がないのは事実だし、あの語部九十九がお菓子屋さんで働いているというのも気になったので、まぁいいか……とスマホの手帳アプリに予定を入れておいた。

九十九くんは元気そうだったし、明るい声をしていたな……九十九くんにとって楽しい職場なのかもしれない。

事前に『月と私』を検索したら、〝ストーリーテラーのいる洋菓子店〟とあり、雪成が想像していたより人気の店だった。

ストーリーテラーというのは、九十九くんのことに間違いない。

執事の燕尾服に身を包んだ美声のストーリーテラーが、極上のスイーツにストーリーを添えてお客さまに提供する――って、執事？　燕尾服？

エプロンよりは九十九くんに似合いそうだけど、一体どんなお菓子屋さんなんだ？

謎《なぞ》は深まるばかりで、少し楽しみにもなってきて、当日は気楽に店を訪れたのだった。

駅から二十分。住宅地の道を黙々と進んでゆくと、
『ストーリーテラーのいる洋菓子店
月と私は、こちらです』
という、水色と黄色の円を組み合わせた案内が出ていて、そこから矢印のほうへ進むと、四階建ての古いマンションの隣に三階建ての家があり、その一階が洋菓子店のようだった。入り口に『close』の札がかかっていたが、言われたとおりガラスのドアを開けて中へ入って行ったのだった。

まさか、もう一人のお客さんが夏名子先生だなんて。


まったく予想していなかった。

閉店後のためかショーケースは空っぽで、壁の棚もチョコレートのお菓子がぽつぽつと置いてある程度で、がらんとしている。

けれど、照明を薄暗くした室内にはチョコレートの香りが満ちていて、ガラスで仕切られたレジの奥の厨房は明るく、そこで白いコックコートを着た綺麗な女性が一人で作業をしていた。

しとやかな横顔に見覚えがあった。

患者さんのお見舞いに来ていた人じゃないか？

その美しい人が、銀のトレイに半月の形をしたチョコレートケーキをふたつのせて、しずしずと運んできたとき、月に彩られた物語の世界に入り込んでしまったような気がした。

そんな彼女を、語部が誇らしそうに愛おしそうに見つめていて。

彼がそんな甘い顔をするのを見たのははじめてで、驚いた。


——半月のムース・オ・ショコラでございます。


語部が艶やかな声でケーキについて語りはじめると、羽衣のように薄いチョコレートの板のあいだに丸いムースをいくつも絞って重ねた半月のケーキは、いっそう麗《うるわ》しく、美味しそうに見えた。

語部が語るあいだ今度は美しいシェフのほうが、信頼のこもった愛しげなまなざしで彼を見上げていて……。

途中で二人の目があうと、お互いにその目をやわらかになごませて、口もとに小さな微笑みを浮かべた。

チョコレートケーキからただよう香りのように、なんともいえない甘い空気がただよい、雪成はちょっとドキッとしてしまったのだった。

二人は恋人同士なのだな……と感じた。

養父のもとを離れて絶望のどん底に突き落とされたに違いない彼が、どういう過程を経てか洋菓子店の店員となり、語るべき価値のある素晴らしいものを見つけられたのなら良かった。

雪成には、そんなふうに心をわかちあえる相手は、この先もできないのだろうけれど……。

語部が美しいシェフと微笑みあうのを見たときに感じた淋しさを、今もまた感じている雪成に、愛する人のいる場所で働いている語部が言う。

「太陽を失い暗闇《くらやみ》の中にいた彼には、まぶしい太陽の代わりに、優しい月が寄り添ってくれたのです。やわらかな月の光に救われて、彼は今では月とともにあることに深い喜びを感じています。それもまた、硝子戸の外へ出てみなければ得られなかったものでした」

「硝子戸の外へ……」

硝子戸を開けて外へ出たら、彼のように愛する人を得られるのだろうか。

その人と想いあい、助けあいながら、生きられるのだろうか。

綺麗なシェフが両手を胸の前できゅっと組み、雪成が硝子戸を開けることを祈るような眼差しで見ている。

雪成と視線があうと、内気そうに小さく体を震わせて、それでも雪成を見つめたまま、かすかにうなずいてみせることさえした。


硝子戸を開けて、あなたが本当に望むことを叶えてください。


そんな声が聞こえてくるようで。

雪成の心に、そうしたいという胸を焦がすような希望と、やはり恐ろしいという背筋を震わすようなためらいが、交互に浮かぶ。

硝子戸の外へ出て欲しいものに手を伸ばしたら、得られるかもしれない。

でも、それが失われたとき、また世界が崩壊してしまう。

そうなるかもしれないという恐怖を、拭《ぬぐ》い去れない！

だって、窓を開けて、おかあさん、おかあさん、とどれだけ叫んでも、母親は帰ってこなかったし、窓の外へ連れ出された結果、母親との最後の絆も完全に断ち切られてしまったのだから！

頭を抱えるように両手を眼鏡のフレームにあてたとき、語部が言った。

「シェフ、ホワイトデーのコーナーから、パート・ド・フリュイを持ってきていただけますか」

「え、あ、はい」

シェフが戸惑うように答え、壁の棚のほうへ楚々とした足どりで移動し、水色の丸い小箱が入ったカゴを、そのまま両手で抱きかかえて戻ってきた。

まだ戸惑いの瞳のまま語部のほうへカゴを差し出すと、語部は、

「ありがとうございます」

と目で微笑んで箱をひとつ取り上げ、黄色のリボンをほどき、蓋《ふた》を開けた。

仕切りの薄い紙を取り払うと、半月の形をした、赤やオレンジや白や黄色の硝子細工のようなお菓子が現れた。

同じ色の半月が、それぞれ一組ずつ向かいあって並んでいて、小箱の中に、四つの丸い月が浮かんでいるように見える。

語部が人を惹きつける深みのある声で言う。

「当店のお菓子には、月の魔法がかかっております。私は先日のバレンタインデーのチョコレートケーキに、その魔法を作用させる言葉をひとつ添えました。そして、このパート・ド・フリュイにも、今、雪成くんが必要としている魔法が宿っているはずですよ」

四つの満月が浮かぶ小箱を、語部がうやうやしく差し出す。

「半月のパート・ド・フリュイでございます。フランス語でフルーツゼリーを意味する、フルーツの香りと味わいをつめこんだコンフィズリー——砂糖菓子でございます。当店のパート・ド・フリュイは、和菓子の琥珀糖《こはくとう》の食感を取り入れて、繊細に、丁寧に、仕上げております。どうぞ黄色い月をお召し上がりください」

向かい合わせの黄色い半月をひとつ、指でつまむ。丸い月が欠けて、ひとつの半月は雪成の指に、もうひとつの半月が箱の中に残される。

九十九くんの言う魔法とは、いったいなんなのだろう。

バレンタインデーのあと、なぜあんなにあのチョコレートケーキのことを思い出して、そのたび夏名子先生のことを考えて淋しい気持ちになるのか、この硝子細工のような黄色い月を食べればわかるのだろうか。

つるりとした砂糖の壁で包まれた月は、指で強く挟むと砂糖の壁が破れそうに儚い。

口に入れ、そっと歯を立てたら、ひんやりした薄い砂糖の壁が、しゃり……っ、と崩れ、甘酸っぱいレモンの香りが広がり、やわらかなゼリーが舌の上をすべっていった。

それはバレンタインデーの夜、半月のチョコレートケーキの中にひそんでいたレモンの甘酸っぱさと同じもので。

——香りは記憶を呼び覚まします……。薄いチョコレートの板を崩しながら、過去のほろ苦く甘酸っぱくも、とろりと甘い、そんな懐かしく愛おしい情景を追体験してみてください。

あのとき語部の言葉にいざなわれて、薄いチョコレートの板を儚く崩しながら、やわらかなムースを口にしながら、ねっとりしたチョコレートの土台にひそむレモンの酸味の不意打ちに驚きながら——夏名子と過ごした時間の甘酸っぱさを——あのくすぐったいような、嬉しいような、感覚を——思い出してしまった。

夏名子の告白を断ったあとも、繰り返し、繰り返し思い出し続けていた。考え続けていた。

それが今また、ひんやりした薄い砂糖の壁を破り、はじけた！

一度目の告白、

二度目の告白、

そして三度目の告白、

雪成を見つめる夏名子のうるんだ眼差し、あたたかな微笑み――『月が綺麗ですね』とレモンイエローの丸い月に縦書きで印字されたカード。

――雪成くんのことがずっと好きでした。雪成くんは、わたしにとって手の届かない綺麗な月のような人でした。わたしとおつきあいしてください。

あのとき、心が揺れたこと。

その前も、その前のときも、本当は嬉しかったこと。

チョコレートのテリーヌにひそんでいたレモンのように、甘酸っぱい記憶が次々押し寄せる。

「ストーリーテラーではなく私個人として、ひとつだけ語らせてください。夏名子さんは雪成くんが施設にいたことを知っていました。私が大門社長の養子になる前に施設にいたのをどこかで聞いて、察したのでしょう。施設のバザーに足を運んで、そこで私と雪成くんが一緒に野菜を売っている写真を見たそうです」

財政難のため、施設では子供たちが作った野菜を、施設の庭で定期的に行われるバザーで販売していた。

子供たちが売り子になり、『ぼくたちが作った人参とじゃがいもを買ってください』と、バザーに訪れた人たちに呼びかけるのだ。

語部が賢そうな声で野菜にストーリーを添えて語ると、あっというまに完売して、九十九くんはすごいなーと雪成はいつも感心していた。

バザーの風景を切り取った写真は施設の中にもたくさん展示されていたし、野菜を売るとき手作りの看板に、これまでに撮った写真を貼りつけることもあった。

夏名子は、それを見たのだ。

雪成も語部も子供だったけれど、面影が残っていたのだろう。

ぼくが施設にいたことを、夏名子先生は知っていた。

誰にも話していなかったし、彼女からそんな話題を振られたこともなかったのに。

驚く雪成に、語部が続けた。

「あの日、夏名子さんは夜遅くに、ずいぶん酔って私のところへ来て、雪成くんが伏せていたことを知ってしまったとそれは後悔して、自分を責めていました。その分雪成くんへの気持ちも燃え上がり、『わたしは絶対に雪成くんを捨てたりしないし、わたしが雪成くんを幸せにする』と泣きながら繰り返していて――私の部屋でもお酒をかなり飲まれていて、そのまま眠ってしまいました」

「あのとき夏名子さんが落としていったイヤリングを、私が病院で夏名子さんに渡すのを見ていた人がいたのでしょう。だいぶ噂になりましたね。雪成くんもそれを聞いたのでしょう。それより前から私と夏名子さんはつきあっていると言われていて、二人とも否定しませんでしたからね」

――夏名子さんに訊いてみてください。

――九十九くんに訊いてみて。

二人がそんなふうにかわしていたから、余計に疑惑がふくらんでいって、雪成は夏名子にも語部にも訊けないまま、母親に去られたときのような淋しさを感じていた。

そうして、夏名子のイヤリングが語部の部屋に落ちていたことが決定打になったのだ。

二度目のバレンタインデーで、夏名子がフランスで購入したチョコレートを雪成が拒否して、イヤリングのことを指摘したら口ごもっていた。あれは雪成の秘密を知ってしまったことを、話せなかったからなのだろう。

「当時私は、仕事先から持ち込まれる縁談の多さに辟易《へきえき》していました。なので夏名子さんとの噂は、私には都合がよかったのです。夏名子さんが雪成くんの情報欲しさに私と親しくなったように、私は夏名子さんを縁談を断る口実にさせていただいたのです」

――わたしが雪成くんとうまくいったら、九十九くんはフラレ男になっちゃうわね。

――そのときは彼女を忘れられませんと傷心アピールして、縁談を回避しましょう。

「私たちは、そんな会話を楽しむ共犯者でした。イヤリングを人目のある場所でうっかり渡したのは私の落ち度で、雪成くんにチョコレートを拒否され説明も受けつけてもらえなかったのは夏名子さんの誤算でしたが。夏名子さんはずっと雪成くん一筋でしたよ」

雪成の口の中に残るパート・ド・フリュイのレモンの香りが、また夏名子の記憶をよみがえらせる。

フランスへ移住するので、きっともう雪成と会うことはないと言っていたこと。瞳にきらきら光る涙をたたえて微笑んでいたこと。

そのとき、控えめに沈黙を続けていた綺麗なシェフが、雪成に小さな水色の手提げの紙袋を差し出した。

袋には雨よけカバーのビニールがかかっている。

目をうるませて、シェフが一生懸命に言う。

「パート・ド・フリュイです。これを持って、夏名子さんに会いに行ってあげてください」

内気そうな小さな声で訴える。

「バレンタインデーのチョコレートケーキに、わたしは夏名子さんが話してくれた瀬戸先生への気持ちを込めました。夏名子さんが雪の日に塾の教室に瀬戸先生がいてくれて嬉しくて、恋をしてしまった甘酸っぱい気持ちも、病院で瀬戸先生と再会したときの心が燃え上がるような濃密な喜びも、瀬戸先生になかなか気持ちが伝わらない苦さも、それでも瀬戸先生が好きでたまらない、ふわふわした甘さも、全部――全部――つめ込みました。あのチョコレートケーキは、夏名子さんの瀬戸先生への想いです！」

内気なシェフがチョコレートケーキにかけた魔法。

それをあざやかなストーリーテリングで想起させ、雪成の心に種を植えつけた語部の魔法。

雪成がチョコレートケーキの味を思い返すたび、夏名子のことを考えずにいられなかったのは、夏名子の想いを込めたケーキだったから。

あの甘さを、幸せな軽やかさを、ほろ苦さを、胸がしめつけられるような甘酸っぱさを、喜びを、切なさを、繰り返し繰り返し思い出し、夏名子のことを考えた。

考えずにいられなかった。

店の外は羽毛のような雪がひっきりなしに降っている。

窓のふちに、白い雪が降り積もってゆく。

雨よけのカバーをかけた手提げの紙袋を差し出すシェフの前で、下がってきた眼鏡を直すこともできず立ちつくす雪成に、語部が言った。

「今日はホワイトデーです。チョコレートをくれたかたに気持ちを伝えるのに最適な日ですよ。夏名子さんが退職の引き継ぎで毎日残業だとボヤいていましたから、今もまだ会社にいるのではないでしょうか」

パート・ド・フリュイのひんやりした砂糖の壁が、しゃりっ……、と崩れる音が耳の奥で聞こえて、雪成の手が紙袋をつかんだ。

店のドアを開けると、視界一面に大粒の雪が舞っていた。道路も住宅の屋根も雪で真っ白だ。

後ろで内気なシェフが、

「急ぎすぎて転ばないように、くれぐれも慎重に」

と心配そうに言う。

「足の裏全体で雪を踏みつけるようにして、小刻みに進むのがよいです」

と語部もアドバイスしてくる。

そんな二人に見送られて、雪成は歩き出した。

雪が耳や頬にぶつかって冷たい。吐き出す息も白く、眼鏡が曇って前がよく見えない。

ひたすら白い世界は、音もなく静かで、あの高校三年生の雪の日のことを思い出させた。

こんな大雪の日に、塾の教室の窓際の席で一人で文庫のページをめくっていたら、なんだかとても淋しい気持ちになってしまったこと。

家を留守にすることが多かった母親が、雪の日だけは一緒にアパートの部屋にいてくれたから、雪が好きだった。

シンと静かな空間が心地よかった。

けれど、それは母親がいたから。

誰かが一緒だったから。

本当の一人は淋しい。

そんなとき、熱と光をまとった夏名子が現れて、とたんに教室の中が華やぎ、にぎやかになった。

塾で人気者の若くて綺麗な女の先生と、はじめて勉強以外の言葉を交わして、胸がちょっとだけ高鳴っていた。

あの日から夏名子を目で追うようになり、よく目もあうようになって、そうすると夏名子がいたずらっぽく口もとをゆるめて合図を送ってくれて、ときめいた。

帰り道に後ろから走ってきて、雪成に声をかけてくれて、一緒に並んで歩いたときもドキドキしていた。

雪成くん――ずっと前からそう呼んでいたみたいに自然に名前を口にされて心臓が跳ね上がって。

――雪成っていい名前だなって思ってたの。

――うん、決めた。二人のときは雪成くんって呼ぼう。

またさらりと、そんなふうに言われて、やっぱり鼓動が速くなって。

――みんなの前では、呼ばないで……くださいね。

視線をそらし、顔を熱くしてそう答えた。

雪成はこんなに心が乱れているのに、夏名子のほうはやっぱり六つも年上で大人だからか、けろりとしていて、

――わたしのことも、神田先生じゃなくて夏名子先生って呼んでね。なんなら夏名子さんでもいいわよ。

などと言って、ますます雪成を慌てさせた。

ぼくはずっと、夏名子先生がぼくにかまってくれるのが嬉しかったんだ。

硝子戸の外へは出られなかったけれど、硝子戸越しのすぐ向こうには、夏名子先生にいてほしかったんだ。

再会した夏名子が、あのころのように『雪成くん』と呼んでくれて、変わらない笑顔を向けてくれて、話しかけてきてくれて、やっぱり嬉しかった。

夏名子が語部とつきあっていると噂されていたとき、語部にこっそり尋ねたら、『夏名子さんに訊いてみてください』と、おだやかな笑みで言われた。

あれは、硝子戸の外へ出て、自分から彼女とふれあうようにという、昔なじみの

忠告だったのだ。

雪成は勇気がなくて訊けなかったし、夏名子から九十九くんとはつきあっていないと激昂《げっこう》して告げられたときも、その真剣さを恐れて信じないふりをした。

夏名子は、これまで三度も硝子戸を叩いてくれたのに！

けれど、これが最後のバレンタインだと夏名子は言った。

フランスへ移住するのでもう会うことはないと。

硝子戸の向こうから夏名子がいなくなったら、そこに見える空っぽの風景はただ淋しいだけだ。

夏名子のチョコレートを拒否したあと、夏名子がフランスの支社に転勤してしまったときも、本当は心に穴が空いたように淋しかった。

硝子戸越しに夏名子の姿を見ることも、声を聞くこともできなくなってしまって淋しかった。

去年の秋に夏名子が日本に戻ってきて、また硝子戸の向こうは明るくにぎやかになって――またいなくなってしまったら、きっと以前より、もっともっと淋しくなる。

そうだ、夏名子先生がいないと淋しい！

もう会えないなんて、淋しい！

だから、硝子戸を出て、今度は雪成のほうから伝えなければならない。

雪と水滴まみれの眼鏡を、雪成はためらいなくはずして、さらに急いだ。

◇　◇　◇

スマホで交通情報を確認したら、すでに電車は止まっていた。

「あー……今日は会社にお泊まりか」

朝から大雪の警報が出ていたのに、山ほどある引き継ぎ事項をまとめているうちに帰りそびれてしまった。

みんなとっくに帰宅していて、このフロアには夏名子しかいない。

「仕方ない、やれるところまで片付けちゃうか」

口に出して気合を入れたとき、仕事用のスマホが鳴った。

取引先から電話？

こんな雪の日に？

なにかトラブルでもあったのかと急いで電話に出ると、雪で電波が乱れているのか、切れ切れに男性の声がした。

「もしもし神田ですが」

「……センセ」

「え」

スピーカーから雪成の声がして、夏名子先生……っ！　と叫ぶ声まで聞こえてきた。

わたし、幻聴を聞いているのかしら？

「いま──先生の、会社の前まで来ていて──」

「ええっ！」

慌ててフロアから飛び出し、エレベーターで一階まで降り、正面の入り口はすでに閉まっていたので走って裏口に回り、そこから外へ出て、ビルの正面まで雪で転びそうになりながら走る。

コートを着てこなかったので耳が千切れそうに寒い。水分をふくんだ大きな雪片がひっきりなしに降ってくる。

ビルのエントランスの庇《ひさし》の下に、雪まみれで身をすくめて立っている雪成を見つけて、夏名子は、

「雪成くん！」

と叫んで駆け寄った。

「一体どうしたの」

「ホワイトデーの、お返しを――先生に、どうしても渡さなくちゃって――」

雪成は眼鏡をかけていない。

歯をガチガチ鳴らして震えていて、うまく話せないようで、もどかしそうに顔をゆがめる。

「ホワイトデーなんて律儀すぎよ。しかもこんな大雪の日に。電車も止まってたでしょう？　まさか歩いてきたの？」

「っ――途中まで動いてたから、四駅くらい、です」

「四駅も！　本当にもう、お返しなんてよかったのに」

「でも――渡さなきゃならなかったんですっ、渡して――ちゃんと、伝えなきゃって――」

雪成が夏名子のほうへ突き出した手に、水色の小さな手提げ袋がある。雨よけのビニールカバーも雪まみれだ。

「だから、つまり――その――」

言葉を探しあぐねて焦れたように、雪成が大声で叫んだ。

「月が、綺麗、ですね、っ！」

眼鏡のレンズの仕切りがない瞳は、夏名子へのほとばしる気持ちを明瞭に語っていた。

信じられない気持ちで見つめ返して――降りしきる雪の中、雪成の唇からまだ熱い息がこぼれていて、雪明かりに輝く瞳もまっすぐに夏名子を見つめていて――。

ゆっくりと、夏名子は手を伸ばした。紙袋を持つ雪成の手をあたためるように両手で包み、雪成の首筋に頭をことんとあずけた。

「うん……」

◇

◇

◇

新居の真新しい白いテーブルで、向かい合わせに椅子に腰かけ、七子は旭とホワイトチョコレートとオレンジのケーキを食べている。

カットして白い皿にのせたケーキの断面には、瑞々しいオレンジのコンフィが散らばっている。しっとり甘いアーモンドプードルの生地に、コンフィのねちっとした食感と蜂蜜のような甘さと、柑橘の爽やかな香りが、たまらなく美味しい。

カーテンを開けて窓から雪景色を眺めながら、家族になった旭と、

「甘いね」

「美味しいね」

「幸せだね」

と言いあいながら、花嫁のドレスのような白いケーキを口へ運んで、にっこりする。


七子も旭も、ずっと笑っている。

部屋の中はぽかぽかとあたたかく、心も、おなかも満たされている。

この甘さを、美味しさを、幸福感を、七子も旭もきっと雪が降るたび、ホワイトチョコレートとオレンジのケーキの味とともに、思い出す。

ああ、本当に出会えてよかったね。

大好きな人と家族になれて、よかったね。

◇　◇　◇

窓枠に積もった雪が光を照り返して、ほのかに光っているのを、麦は自分の部屋の学習机でぼーっと見ていた。

ホワイトデーに雪が降るなんて、神さまからの贈り物みたいだ。

机の上には、爽馬からもらった紫と白のギモーヴがある。透明な袋から、しっとりやわらかなギモーヴを指でつまみ、口へ運ぶ。

華やかな酸味のカシス味に、甘いバニラ味。

どちらも幸せな味がする。

『恋の芽生え』の花言葉を持つ紫のライラックをイメージしたカシスのギモーヴをまたひとつつまんで、このギモーヴを選んでくれた爽馬のことを考えて、頰を熱くした。

爽馬くんって呼んでいい？　って訊いたら、そわそわもぞもぞと照れてしまってキュンとした。

明日から、爽馬くんって呼ぼう。

たくさん呼ぼう。

「爽馬くん……」

と、つぶやいて、紫のギモーヴにそっとキスして——また頰を熱くし、椅子に座ったままじたばたしてしまった。

エピローグ

Epilogue

雪は夜半近くにやみ、冷たく澄んだ空にはレモンイエローの月が浮かんでいた。

パジャマの上に毛糸のカーディガンを羽織り髪をおろした糖花が、ベランダに面した窓のカーテンを開けると、向かいのマンションの窓が開いていて、語部の姿が見えた。

前髪をおろし薄いニットという姿でパート・ド・フリュイをつまんでいる。

「風邪をひきますよ」

糖花がベランダに出て話しかけると、語部も視線を糖花のほうへ向けて清々しく微笑んだ。

「雪がやんだようなので、少し月を眺めたかったのですよ」

あたたかな口調だったが、どこか切なそうでもあった。

「瀬戸先生は……夏名子さんに気持ちを伝えられたのでしょうか」

「ええ、きっと。なにしろ当店のお菓子は月の魔法入りですから」

「……わたしがこんなことを訊くのはおかしいのですけど、夏名子さんのこと、本当によかったんですか？　語部さんの憧れのかただったんですよね。その、本当に今さらですし、夏名子さんには瀬戸先生への想いを叶えてほしいと思っているのですけど……やっぱり気になってしまって」

恋ではない、共犯者だったと、語部は言っていた。

でも、憧れていたと。夏名子さんのことがとても好きだったと、まぶしそうな顔で――。

糖花がもじもじ話すのに、語部は最初はちょっと目を見張り、そのあとなぜか嬉しそうな顔をした。

糖花が黙ってしまうと、またあのどこか切なそうな、まぶしそうな表情を浮かべて言った。

「私が夏名子さんに憧れていたのは夏名子さんが恋をしていたからですよ。私は理想が高すぎる上に細かすぎて、そんな女性に出会うことは現実ではないだろうと思っていました。今思えば、そうやって自分の内側に容易に人を入れないように予防線を張っていたのでしょうね……。そのころは仕事に夢中でしたが、ふとした瞬間に、自分は一生恋を知ることもないのだろうと感じるのは、やはり淋しいものでしたよ。だから恋に全力な夏名子さんに憧れたんです」

「それならなおさら、夏名子さんは語部さんの理想そのままのかたじゃありませんか？　明るくて社交的で、潑剌として健康的で、いつも陽気におしゃべりをしていて、大声で笑っているような」

語部が急にうなだれる。

ど、どうしたんでしょう？　と糖花がびっくりしていると、苦い声でつぶやいた。

「……後悔しているんです。そんなふうに言ったことを」

それから顔を上げて糖花を見て、必死な感じの表情で話しはじめた。

「私はズルくて臆病で、利己的で腹黒で、根も暗いのです。そんな自分を知られたくないけれど、知ってほしいとも願ってしまう。自分からは教えたくないけれど、訊いてほしい。訊いてくれないことがもどかしくて不機嫌になってしまう未熟者です。夏名子さんとのおつきあいのことも、はっきり否定せずに『そうかもしれませんね』などと思わせぶりに答えて、もしかしたらヤキモチを焼いていただけるかも、などと卑劣なことを考えたりして――」

「か、語部さん？」

突然自虐《じぎゃく》しはじめる語部に、糖花は困惑した。

ふと以前、糖花が夏名子のことでうじうじしていたときに『私に訊きたいことがあるなら、ちゃんと訊いてください』と語部に言われたことを思い出す。

あのとき語部さんはわたしに訊いてほしかったのかも……。

それにヤキモチを焼かせたかったって……わ、わ、わたしに？

息をのむ糖花に、語部が恥ずかしそうに告白する。

「雪成くんに偉そうに語ってみせましたが、私もまだ硝子戸の中にいたのです」

そうして、熱のこもる眼差しで糖花を見つめて、こう言った。

「いいかげん、外へ出なければなりませんね」

糖花の心臓が、大きく跳ねる。

「夏名子さんにも、手放してはいけないと言われましたし」

――九十九くんは……あのとき、わたしに打ち明けてくれた気持ちを大切にしてね。手放したらダメよ。

「か、夏名子さんと……どんなお話をされたんですか」

ベランダからずいっと身を乗り出して尋ねる糖花を、語部が愛おしそうな目で見つめてくる。

「私が出会った月の話ですよ」

そう言って、レモンのパート・ド・フリュイを長い指でつまんで、糖花のほうへ差し出した。

「糖花さんも。召し上がりませんか」

ひんやりした光沢を帯びたレモンイエローの半月は、ちょうど糖花の唇の位置にある。

語部はやわらかな表情で、糖花を見つめている。

ためらいながら、糖花は口を小さく開けた。

語部の指が伸びてきて、糖花の口の中にレモンイエローの半月を、そっと押し込む。

指先が糖花の唇の端にちょっとだけふれて、冷たい砂糖の壁が、しゃり……っとほどけ、レモンの香りが広がり、やわらかなゼリーがこぼれる。

語部がにっこりする。

「月が綺麗ですね」

糖花はパート・ド・フリュイを喉につまらせそうになった。

「なんて麗しい月でしょう、優雅な月でしょう、愛らしい月でしょう、本当に美しい月ですね、綺麗な月ですね」

語部はそれは甘い、甘い、眼差しで糖花を見つめたまま、楽しそうに繰り返している。

糖花はもう頭が沸騰しそうだ。

語部は、自分もまた硝子戸の中にいたと言ったけれど、薄いガラスの壁で仕切られた厨房で糖花がお菓子を作っているとき、黒い燕尾服に身を包んだ彼は、軽やかにガラスの中と外を行き来し、糖花にもお菓子にも、そしてお客さまにも魔法をかけてくれる。

語部さんはわたしのことも、硝子戸の外へ連れ出してくれました……。

もっと語部さんのことを知りたいです。

頬を赤く染めて、糖花もゆっくりとつぶやく。

「ほんとうに……綺麗な、お月さまですね」

参考文献

『クリムとドリムの冒険　偉人が愛したスイーツ』吉田菊次郎　編・著　株式会社時事通信出版局
『フランス、ベルギー　ショコラを巡る旅』株式会社ネコ・パブリッシング
『チョコレートの事典』成美堂出版
『フランス菓子図鑑　お菓子の名前と由来』大森由紀子　世界文化社
『硝子戸の中』夏目漱石　新潮文庫

※オンラインより（オレンジについて）
https://www.iprimo.jp/fortunatestories/bride/episode04_0502.html

※オンラインより（ガトーショコラについて）
https://theokuratokyo.jp/letter/pastry/article-11/

本書は書き下ろしです。

ものがたり洋菓子店 月と私

さんどめの告白

野村美月

2024年10月5日　第1刷発行

発行者　加藤裕樹
発行所　株式会社ポプラ社
〒141-8210　東京都品川区西五反田3-5-8
JR目黒MARCビル12階
ホームページ　www.poplar.co.jp
フォーマットデザイン　bookwall
組版・校正　株式会社鷗来堂
印刷・製本　中央精版印刷株式会社

N.D.C.913/284p/15cm　ISBN978-4-591-18352-6

P8101502

ものがたり洋菓子店　月と私
ひとさじの魔法

野村美月

仕事も恋愛もぱっとしない岡野七子がたどり着いた、住宅街の洋菓子店「月と私」。そこには、お菓子にまつわる魅力的なエッセンスを引き出して、物語としてお客に届ける「ストーリーテラー」がいた――。さまざまな悩みを抱えてお店を訪れた人たちは、ストーリーテラーの語る物語と、内気だけれど腕利きのシェフが作る極上のお菓子に心解きほぐされていく。心を甘くやさしくときめきで包み込む連作短編集。

ポプラ文庫好評既刊

ものがたり洋菓子店　月と私
ふたつの奇跡

野村美月

住宅街に佇む洋菓子店「月と私」。腕利きパティシエなのに自分に自信がない三田村糖花の前に「ストーリーテラー」語部九十九が現れた。お菓子の魅力を物語にしてお客に届ける語部の活躍でお店は大繁盛し――。「月の魔法を集めたクッキー缶」を受け取った素直になれないカップルの恋の行方。糖花のトルシュ・オー・マロンを「世界で二番目においしい」と語る少年の秘密。好評シリーズ第2弾。